Lara Lee

Séléna

Pour tous les lecteurs qui viennent à la rencontre de Séléna...

PRÉFACE

Il n'est jamais simple de se lancer dans l'écriture d'une préface, pour un auteur que l'on connaît, qu'on apprécie pour sa gentillesse et parce qu'elle est une de vos plus assidues lectrices.

J'ai rencontré Lara lors d'un salon il y a quelques années. Passionnés d'écriture et de livres SFFF, nous nous connaissions déjà via les réseaux sociaux, formidable vecteur d'échanges pour les amoureux de littérature fantastique que nous sommes.

Et puis, je suis tombé sous le charme en lisant un de ses premiers textes publiés. C'était au festival Les Lithaniennes en 2016. Cette fois, les rôles furent inversés et je lui avais demandé une dédicace pour sa nouvelle « Lisbeth et Temcla » parue dans l'Antho-Noire pour Nuits Mystérieuses, collection jeunesse à l'occasion du festival. Ce fut un véritable régal que de la lire et c'est avec une certaine curiosité et impatience que je me suis attaqué à la lecture de son dernier roman.

« Séléna » est une courte histoire que j'ai lue d'une traite. L'écriture est à la fois fluide et trépidante. Séléna, le personnage principal, m'a rappelé l'héroïne dans le film Underworld. Elle est belle, sexy, incroyablement redoutable et porte presque le même nom, Selene. Mais la ressemblance s'arrête là car l'histoire est tout autre et nous plonge dans un univers qui mélange les genres, avec beaucoup d'action (si vous aimez les combats sanglants, vous ne serez pas déçu), de la magie, des rebondissements et bien sûr l'Amour. J'ai trouvé cet aspect particulièrement original et la fin plutôt surprenante. Mais je ne vous dirai rien. Un regret peut-être : le livre est trop court. On aimerait une suite car on s'attache à Séléna et l'univers dans lequel elle évolue, un monde qui demande à être développé et qui par bien des aspects, nous montre une certaine originalité.

Voilà, j'en ai suffisamment dit.

Il est temps pour vous lectrices, lecteurs, de vous plonger dans cette belle aventure qui risque de vous donner l'envie à votre tour, de combattre des créatures imaginaires, au détour d'une ruelle sombre, d'une cave peu éclairée et de brandir au-dessus de votre tête, l'épée de justice et de vous prendre pour l'indomptable « Séléna ».

Pierre Brulhet
Paris, le 25 août 2016

CHAPITRE 1

Deux ans qu'elle traînait sa peine dans les bas quartiers de cette ville pourrie par la racaille. Deux ans qu'elle avait souffert au point de vouloir en mourir. Zénon avait perçu sa douleur et depuis, Séléna n'avait plus de cœur. Elle l'avait troqué contre une immortalité noire qui lui donnait d'immenses pouvoirs. Elle pouvait tuer d'une simple apposition des mains ou tordre sans effort le cou d'un gaillard trois fois plus costaud qu'elle.

Elle cracha sur le cadavre encore chaud de sa dernière victime. Qu'avait-il fait pour mériter son sort ? Séléna ne le savait pas et elle s'en moquait. Seul le plaisir de tuer l'empêchait de penser à celui qui lui avait brisé le cœur.

Elle se redressa du haut de son mètre soixante-dix. Vêtue de cuir noir des pieds à la tête, elle portait des bottes et un collier à clous ornait son cou gracile. Seuls ses longs cheveux roux apportaient une touche de couleur à sa silhouette filiforme.

Deux ans que tous les soirs avait lieu le même rituel. Elle parcourait les rues à la recherche de sa proie. Le souffle de Zénon lui indiquait les lieux où allaient se perdre les voyous et les vauriens de la ville.

Dès que la chasse était ouverte, Séléna ressentait le goût du sang dans sa bouche. Ce goût amer aux accents métalliques qui ne la quittait qu'une fois son travail achevé.

Zénon était un démon. Il lui ordonnait de tuer pour emporter ensuite les cadavres vers les couloirs obscurs de son monde souterrain, là où croupissaient les âmes perdues. Pourquoi n'abattait-il pas lui-même ses proies ? Séléna ne le savait pas. Il lui avait seulement promis que tant qu'elle lui fournirait des morts fraîchement abattus, elle aurait ce semblant de vie et elle pourrait veiller sur le seul homme qui n'eût jamais compté pour elle.

Elle ôta ses gants poisseux de sang. Sa dernière victime s'était défendue. Elle avait sorti un couteau. Séléna lui avait arraché des mains dans un tour de passe-passe puis s'était amusée à la taillader avec la lame jusqu'à ce qu'elle en meure, vidée de son sang. De l'hémoglobine avait giclé sur les vêtements de la jeune femme. D'un air dégoûté, elle contempla les taches qui ornaient son blouson et une jambe de son pantalon. Tant pis ! Elle irait tout de même au club ce soir ! Jamais elle n'avait loupé un de ses concerts. Elle n'allait pas commencer aujourd'hui.

Le night-club du coin de la rue avait une enseigne si lumineuse qu'elle éclairait tout un pan du quartier. Fuyant la lumière, Séléna se glissa dans les ombres qui existaient encore pour rejoindre le piano-bar qui se trouvait au fond de l'impasse. Le sax pleurait déjà. Elle était en retard.

— Salut, lui dit seulement le videur quand elle passa devant lui.

C'était une habituée et le grand costaud qui surveillait l'entrée du Jazz Club n'enquiquinait pas ceux qui venaient dépenser leur argent au bar tous les soirs. Ce qu'il ne savait pas, c'est que Séléna ne buvait pas.

Elle déposait un gros billet sur le comptoir et le barman lui servait un verre d'alcool qu'elle ne touchait jamais. La maléfique tueuse ne venait que pour écouter le saxophoniste. Benjamin. Ben pour les amis. Grand, blond aux yeux bleus, il avait le regard perdu dans le vague alors qu'une mélopée mélancolique emplissait la salle.

Un éclat lumineux vint se refléter sur l'annulaire de sa main gauche. *La garce*, se dit Séléna en pensant à la petite amie de Ben, *après être tombée enceinte sans son accord, elle avait réussi à se faire épouser ! Pourquoi Zénon ne lui laissait pas le loisir de la buter, cette salope ?*

Des larmes vinrent troubler la vue de Séléna. Elle sortit de la poche intérieure gauche de son blouson un portefeuille dans lequel elle avait glissé une photo publicitaire de Ben. Du bout des doigts, elle caressa l'image. Elle leva les yeux vers la scène et le contempla un moment alors qu'il entamait un solo poignant. C'était un morceau qu'elle ne connaissait pas mais elle était certaine d'une chose, c'était une de ses compositions.

L'aube commençait à poindre lorsque Séléna quitta le lieu enfumé. Benjamin avait cessé de jouer depuis peu mais il n'avait pas remarqué sa présence, occupé à ranger son matériel.

D'ailleurs, se souvenait-il d'elle ? Une nuit. Elle n'avait eu droit qu'à une seule nuit dans ses bras. Une nuit et toute sa vie avait basculé. Il l'avait séduite par sa jeunesse et sa beauté. Il l'avait charmée par sa conversation passionnée.

Elle se sentait si seule qu'elle n'avait pu lui refuser ce qu'il était venu chercher. Une nuit blanche. Une nuit de tendresse, de caresses et d'amour. Une nuit qui tatoua la mémoire de Séléna au fer rouge.

Et quand il la quitta au petit matin, il emporta avec lui son cœur et son âme. Dès qu'il eut franchi le seuil de l'appartement de sa conquête d'une nuit, celle-ci sut que plus jamais elle n'éprouverait de sentiment.

Elle pleura toute une journée et toute une nuit. L'alcool qu'elle ingurgita ne fit qu'empirer sa douleur. Séléna avait perdu son cœur. Elle n'arrivait même pas à en vouloir à son beau saxophoniste car pour la première fois de sa vie, elle aimait d'amour au point de vouloir en mourir.

Elle habitait un quartier animé où la circulation était dense. Se faire emplafonner par un camion serait une mort simple et rapide. Elle avait fait son testament peu avant, léguant son peu de biens matériels au seul fils qu'elle n'aurait jamais, son filleul. Elle était prête. Elle voulait mourir. La douleur était trop intense.

Mais elle ne put mettre son plan à exécution.
C'est alors qu'apparut Zénon.

Comme si les voitures ralentissaient, Séléna les vit stopper non loin d'elle.Le camion qui arrivait à toute vitesse et qui aurait dû la broyer fut bloqué par une force inconnue à quelques centimètres de la jeune femme. Les passants étaient arrêtés dans leur élan. Les feuilles qui voltigeaient au vent avaient suspendu leur vol. Même le souffle glacé de l'air qui lui mordait les joues avait cessé d'exister.

Séléna, seule, était libre de ses mouvements.

— Que se passe-t-il, murmura-t-elle en jetant des coups d'œil inquiets aux alentours. Je rêve ou quoi ? Je n'ai pourtant avalé aucune goutte d'alcool ce matin ?

— Le temps est suspendu par ma volonté, dit une voix rocailleuse à ses oreilles.

Une haleine putride lui souffla ses miasmes dans la figure.

— Je suis Zénon, démon des entrailles de Ferfailles. Je suis là pour passer un pacte avec toi.

Le démon se matérialisa devant Séléna qui eut un mouvement de recul en le voyant. Immense, la peau noire et boursouflée, des yeux de braise chaude, un gouffre à la place de la bouche et un corps trois fois plus large que la normale. Zénon était une créature horrible à regarder.

Courageusement, la jeune femme tenta de soutenir son regard. Elle baissa vite les yeux car le feu qui brûlait dans les prunelles du démon menaçait de l'aveugler.

— Mourir pour mourir, mortelle, pourquoi ne pas mourir en sauvant une âme ? grinça la bouche édentée de Zénon. L'aimes-tu assez pour m'offrir ta vie afin de lui éviter les affres de la souffrance ?

— De qui parlez-vous ? le questionna-t-elle tout en redoutant la réponse.

— Benjamin Bennyson, le saxophoniste qui t'a brisé le cœur, lui ronronna-t-il sadiquement à l'oreille. Mon Maître l'a inscrit
sur sa liste, mais je peux le déplacer d'un cran à chaque fois que tu me rendras un petit service…

— Non ! s'étrangla-t-elle. Pitié, pas lui ! Pas Ben ! Il est si jeune, si beau, si talentueux…

La face noirâtre de Zénon se tordit dans un horrible sourire.

— C'est toi que je veux, Séléna, gargouilla-t-il. Mais pour cela, il faut que tu me donnes ton âme volontairement. Je te veux immortelle et à mon service, le temps que durera la vie de cet imbécile de musicien. Si tu veux qu'il vive vieux, il faudra m'apporter des cadavres, du sang frais… je veux des corps… beaucoup de morts…

Ainsi bascula la vie de Séléna. Par amour, elle chavira dans l'horreur.

CHAPITRE 2

Un frisson glacé parcourut le dos de Séléna. Zénon était derrière elle. Elle le sentait. Elle n'avait pas besoin de se retourner pour savoir qu'il la toisait de sa haute stature.

— Va m'en chercher un autre, gronda-t-il de sa voix d'outre-tombe. Le dernier était trop abîmé. Je ne peux m'en servir !

La jeune femme soupira. Les premiers rayons du soleil pointaient déjà dans les bas quartiers mais elle ne pouvait se coucher sans avoir obéi à Zénon. Elle acquiesça en silence. Tuer des voyous était plus difficile à la lueur du jour. Il ne fallait laisser aucun témoin. Et dès que l'aurore apparaissait, plus nombreux étaient les passants qui se promenaient dans les rues. Même dans les ruelles les plus sordides.

— Regarde dans ton dos, fit la voix moqueuse de Zénon. Les candidats ne manquent pas !

À peine le démon eut-il terminé sa phrase qu'un cri retentit. Cette voix ! Séléna l'aurait reconnue entre mille. Elle fit volte-face et courut dans la direction des hurlements.

Elle arriva à temps. Trois jeunes vauriens entouraient Ben d'un air menaçant. Ils avaient tous un cran d'arrêt braqué sur le jeune saxophoniste qui, lui, n'avait que son instrument de musique à la main. Vive comme l'éclair, Séléna posa sa main sur l'épaule du premier assaillant, arrêtant son cœur par sa seule volonté. Les yeux écarquillés de surprise, il était mort bien avant d'avoir touché le sol. Le second dédaigna le musicien et fonça sur elle en tentant de l'embrocher. Elle esquiva prestement et, du tranchant de la main, brisa le cou de l'imprudent.

Le dernier agresseur hésita un court instant entre la fuite et l'affrontement, mais la tueuse qui vivait en Séléna fut plus rapide. D'un simple coup de pied sauté, asséné au niveau de
la tête, elle lui ôta la vie en lui brisant la nuque.

La scène n'avait duré qu'une courte poignée de minutes. Zénon serait satisfait, pensa Séléna. Trois cadavres au lieu de l'unique qu'il lui réclamait chaque soir.

— Séléna, murmura Benjamin en scrutant le visage de sa sauveuse, c'est bien toi ?

Il se souvenait d'elle. Même après ces deux années, il se souvenait de son prénom. Si la jeune femme avait encore eut un cœur, il se serait serré d'émotion. Mais à la place, il y avait une cicatrice boursouflée, seul vestige du geste affreux par lequel Zénon avait scellé leur pacte. Il avait plongé sa main griffue dans la poitrine de Séléna afin de lui retirer littéralement le cœur qu'il gardait depuis en otage dans les tréfonds de son monde souterrain. Séléna était une morte vivante. Nul ne pouvait vivre sans son cœur. Le jour du pacte avec le démon, elle l'avait déjà perdu au figuré. Zénon avait peaufiné sa perte en y ajoutant le sens propre.

— Non, Ben, lui répondit-elle à mi-voix et en masquant son visage d'une main, ne me regarde pas.

Je ne suis plus la même.

Le jeune saxophoniste s'approcha pourtant de la tueuse. Il repoussa sa main pour contempler son visage et lissa de ses doigts ses longs cheveux roux.

— Tu es toujours aussi belle, lui souffla-t-il avec émotion. Aussi belle que dans mon souvenir. Pourquoi as-tu disparu ? J'ai essayé de te contacter via msn ou sur ton portable. Jamais tu ne me répondais. Je suis parti quelques jours pour mettre les choses au clair avec mon amie et quand je suis revenu, je n'ai jamais pu te retrouver.

Une larme roula sur la joue de Séléna. Ben s'en empara et la porta à ses lèvres.

— J'étais déjà perdue pour toi, murmura-t-elle, comme tu l'étais pour moi. J'ai su pour l'enfant.

Le bleu si clair des prunelles du musicien s'assombrit soudainement.

— Je ne voulais pas de cet enfant et elle le savait, répliqua-t-il sur un ton sec. Elle m'a forcé la main. Et j'ai cessé de l'aimer pour cela.

— Pourtant tu portes une alliance, remarqua Séléna en désignant le doigt du jeune homme.

Celui-ci retira l'anneau de son annulaire avec un demi-sourire.

— Accessoire de scène, grogna-t-il. Pour que les groupies me fichent la paix !

Un long silence s'installa entre eux. Le jeune homme continuait de caresser les cheveux de Séléna.

— Aucune femme n'est entrée dans ma vie depuis toi, lui avoua-t-il tout de go. Quand je ferme les yeux, c'est ton sourire que je vois. Quand je me réveille le matin, j'ai toujours espoir que tu sois là, à me caresser le dos. Je ne me suis pas résolu à te perdre, Séléna.

— Je ne suis plus que l'ombre de moi-même, souffla la jeune femme en lui prenant la main. J'ai fait un pacte avec les puissances occultes. Je dois tuer pour survivre. Zénon, celui qui me donne des ordres, m'a arraché le cœur et le conserve en lieu sûr. Je peux mourir d'un instant à l'autre par sa seule volonté. Tant que je tue pour lui fournir des cadavres frais, il me laisse tranquille. Mais l'épée de Damoclès est au-dessus de ma tête.

Benjamin caressa la joue douce de celle qui lui parlait avec un regard noyé de larmes. Séléna se mit à trembler. Il lui faisait toujours autant d'effet. Par ce simple geste de tendresse, il effaçait le présent et les crimes qu'elle venait de commettre. Elle oubliait tout à son simple contact.

— Ta peau est chaude, lui dit-il d'une voix rauque.

Elle sourit. Une morte vivante n'était pas un froid cadavre ! Son corps fonctionnait parfaitement, et bien mieux qu'avant ! Si ce n'était la cicatrice entre ses deux seins, nul ne pouvait penser qu'elle n'avait plus de cœur.

— J'ai toujours envie de toi, lui murmura-t-il en se

penchant à son oreille.

Le parfum de ses cheveux, de sa peau et l'odeur mentholée de son haleine firent défaillir la jeune femme.

— Même après m'avoir vu assassiner trois hommes, s'étonna-t-elle.

— Tu es venue à mon secours, telle une héroïne de film d'aventure, la rassura-t-il. Je te dois la vie. Laisse-moi te prouver que mon cœur t'appartient.

La maigre résistance de Séléna s'effondra comme un château de cartes. Ils marchèrent d'un pas rapide à travers le dédale des rues qui menaient jusqu'à l'appartement de la jeune femme. Les mots étaient superflus.

À peine eurent-ils franchi le pas de la porte que leurs lèvres se joignirent dans un baiser passionné. Ils mêlèrent leurs souffles alors que leurs mains impatientes faisaient tomber rapidement leurs vêtements à terre. Ils avaient besoin de toucher la peau de l'autre. Peut-être pour se rassurer et se dire qu'ils ne rêvaient pas.

Ils prirent le temps de se rassasier de caresses et de baisers. Leurs doigts s'entrecroisaient et leurs bouches se cherchaient sans cesse. Comme s'ils ne voulaient pas précipiter leur bonheur, ils roulèrent sur le lit en riant comme des enfants. Les effleurements se firent plus précis. Ils avaient faim d'amour. Au moment ultime, lorsque leurs deux corps ne firent plus qu'un, ils avaient les yeux rivés l'un à l'autre. Des larmes jaillirent au même moment de leurs paupières lorsque la jouissance vint couronner ces retrouvailles passionnées. Ils ne purent se résoudre à se désunir.

De longues minutes durant, ils laissèrent leurs corps nus soudés comme s'ils n'étaient qu'une entité. Ils ne voulurent pas dormir cette nuit-là. Comme pour conjurer le sort, ils s'aimèrent chaque instant volé au monde de l'obscur. Ils se parlaient à peine, se buvaient des yeux et mêlaient autant leurs corps que leurs salives et leurs sueurs. Comment allaient-ils gérer le lendemain ?

Séléna se réveilla en frissonnant à la nuit tombée. Le lit était vide. Elle avait encore fait le même rêve. L'impossible rêve. Elle caressa la peau boursouflée qui lui faisait une mince ligne entre ses deux seins. Aucun battement. Rien. Le sang ne circulait plus dans son corps. Elle ne vivait plus. Elle survivait grâce à la volonté de Zénon. Jamais le démon ne lâcherait sa proie. Il fallait que Séléna se rentre cette idée dans le crâne.

Elle avait fait un pacte maudit pour protéger celui qui lui avait donné l'illusion d'être aimée. Pour une seule nuit de passion, Séléna s'était enfoncée dans l'innommable. Elle était devenue une meurtrière. Elle avait appris à aimer le goût du sang. Sa vie n'était que fourvoiement, mais jusqu'à quand ?

CHAPITRE 3

Redressant d'un geste brusque la tête du cadavre qui bringuebalait, Zénon émit un petit grognement. La pyramide des corps était bien trop petite. Jamais ce tas informe et minuscule ne générerait assez d'énergie satanique pour réveiller le Maître ! Il prit du recul et se gratta la tête de son ongle pointu et crasseux. Une croûte noirâtre se décrocha de son cuir chevelu et tomba à terre.

Zénon était debout au milieu d'une immense salle souterraine. Le plafond était si lointain que les voûtes étaient invisibles. La chaleur qui régnait dans les entrailles du monde de Ferfailles était suffocante mais le démon n'en avait cure. D'ailleurs, il ne suait même pas.

D'un air circonspect, il inspectait chaque corps qu'il avait disposé dans une position précise, suivant en cela le schéma dessiné au sang humain sur la feuille jaunie d'un parchemin qu'il tenait en main. De colère, il donna un grand coup de pied dans l'un des cadavres et tout l'édifice s'effondra…

— Par l'haleine fétide d'Ircevan, maugréa l'immonde créature en tournant nerveusement autour de son œuvre mortuaire dévastée, ça ne fonctionne pas ! Les anciens parchemins de Mallon décrivent le dôme des offrandes dans ses moindres détails. Je ne fais pas d'erreur ! Ils étaient tous disposés dans la bonne position ! Pourquoi mon édifice ne se transforme pas en autel d'énergie tel qu'il est décrit dans les écritures démoniaques ?

Des mouches bourdonnaient au-dessus des cadavres dont certains étaient déjà en décomposition avancée. Se penchant sur les quelques phrases qui illustraient le schéma et qu'il connaissait maintenant par cœur, Zénon tenta encore une fois d'en trouver le sens caché.

Des corps encore chauds mais non mutilés
Aux âmes perdues et jamais apaisées
Positionnés telle une pyramide de Korsandre
Pour qu'Ircevan renaisse de ses cendres !

— Non mutilés, répéta le démon en détaillant d'un œil expert les corps des victimes de Séléna. Bon sang ! C'est ça ! Elle me les abîme beaucoup trop, ma tigresse humaine !

Il disparut aussitôt dans un épais brouillard noirâtre pour aller insuffler ses nouvelles directives à son assassin préféré. Zénon aimait torturer la jeune femme jusque dans son sommeil.

Mais ce soir-là, même pour lui, la barrière mentale de Séléna était infranchissable. L'amour qu'elle portait à Ben protégeait l'intimité de ses rêves. Le démon repartit furieux de n'avoir pu pénétrer les pensées de sa prisonnière.

Détenteur de son cœur qu'il avait stocké dans les entrailles de Ferfailles, il n'en possédait pas l'âme ni la volonté. Il savait seulement la soumettre à ses désirs sous la menace de tuer le jeune musicien. Il savait que sans l'existence du saxophoniste, Séléna n'aurait jamais passé ce pacte avec lui.

Pour occuper son attente, Zénon rôda dans les rues sombres qui jouxtaient l'appartement de Séléna. Dans sa rage de ne pouvoir l'atteindre, il ôta la vie des quelques passants qui rentraient d'une soirée un peu trop arrosée. Il passa sa colère sur eux. Les corps en charpie étaient méconnaissables lorsque le démon eut terminé son œuvre.

CHAPITRE 4

— Sans les abîmer ? répéta Séléna en regardant le démon qui s'était matérialisé dans son salon. Ce n'est pas évident ! Rares sont ceux qui se laissent faire ! N'oublie pas que tu veux toujours que j'exécute des voyous, des vauriens des bas-fonds de la ville. Ils ont l'habitude de défendre leur vie, ces gars-là !

— Tu dois obéir à ma volonté, Séléna, lui répondit seulement son cruel interlocuteur avant de disparaître.

La jeune femme soupira. Les derniers rayons du soleil déclinaient déjà à l'horizon. L'heure de la chasse approchait. Les nouvelles exigences de Zénon étaient problématiques pour elle. Lorsqu'elle tuait proprement par l'apposition des mains, elle arrêtait simplement le cœur de sa victime, mais son goût du sang ne s'en trouvait pas satisfait.

Le désir de tuer qui l'envahissait dès que l'obscurité régnait dans les rues exigeait son quota d'hémoglobine et de violence. Il allait lui falloir tuer deux fois plus. Proprement pour Zénon et sauvagement pour satisfaire ses propres instincts meurtriers. Deux fois plus de victimes.

En deux années de tuerie, jamais Séléna n'avait été inquiétée par les forces de police de la ville. Ne s'attaquant qu'aux personnes figurant dans leurs fichiers, elle épurait la cité de sa racaille. Les flics ne voyaient que des criminels en moins à cavaler dans les rues quand ils ramassaient les cadavres dédaignés par Zénon. Ils en avaient pourtant beaucoup retrouvé ces temps-ci. Sachant qu'ils étaient la cible d'un tueur fou, les voyous ne se déplaçaient plus qu'en groupe. À l'exception de quelques désespérés, ils allaient toujours par trois... au moins.

La jeune femme éliminait tous les témoins de ses meurtres, alors le nombre de ses victimes avait triplé depuis un moment.
Or, Zénon ne prélevait qu'un corps chaque soir, jamais plus. Séléna lui avait demandé pourquoi mais il n'avait pas daigné répondre.

La neige s'était mise à tomber. Ce soir était celui de Noël. Séléna sourit tristement. Cela faisait deux années que sa route avait croisé celle de Ben. Il avait été son plus beau cadeau mais aussi le plus éphémère.

Les flocons légers au début de la soirée devinrent rapidement épais et lourds. Ils tourbillonnaient dans la ruelle, soutenus par un vent glacial. Il y aurait un beau tapis blanc, demain matin. S'habillant chaudement, la jeune femme s'apprêtait à faire sa ronde meurtrière quotidienne.

Le pacte avec Zénon excluait les jours de relâche. Le dimanche n'existait pas aux yeux du démon. Les jours fériés encore moins. Il voulait son quota mortel. Un cadavre par nuit. Tant qu'il ne cesserait pas de lui en réclamer.

Séléna soupira en regardant ses épais gants de cuir. Il faudrait qu'elle pense à les ôter avant de se lancer dans l'affrontement de ce soir. Par l'apposition des mains, elle tuait proprement et c'est ce que voulait Zénon.

Il lui était plus facile de stopper un cœur quand sa peau était proche de celle de sa victime.

Elle ferma la porte de son appartement d'un claquement sec. Pas besoin de mettre le verrou. Elle était au dernier étage et personne, à part ses voisins, un adorable jeune couple, ne s'aventuraient jusque-là. Séléna remonta la fermeture éclair de son blouson. Le froid était déjà présent dans les escaliers. Dehors, il devait faire glacial.

Elle descendit lestement les trois étages qui la séparaient de la rue puis s'enfonça dans l'obscurité rassurante de la ruelle qui jouxtait l'entrée de son im-meuble.

Le gang des Tordus faisait une bouffe dans le quartier ouest. Ils fêtaient Noël à leur façon. Ils avalaient des pizzas et de la
mauvaise bière avant d'aller casser de la ferraille dans les beaux quartiers. Zénon voulait un de ceux-là. Séléna lui en aurait bien fourni dix par soir si le pacte avait pu se réduire d'autant en années données. Mais allez savoir pourquoi, le démon ne prélevait qu'un cadavre à la fois, même si la jeune femme lui en offrait une vingtaine !

Au bout d'une dizaine de minutes d'une marche rapide dans la neige poudreuse qui collait à ses semelles, Séléna était transie de froid, même si de la sueur avait humidifié ses aisselles. Un bruit parvint à ses oreilles.

Instinctivement, elle se planqua derrière un container à ordures. Un homme, la quarantaine et l'air mal aimable, passa devant elle sans la voir.

Le passant, pour voyou qu'il soit, n'appartenait pas au gang des Tordus. Zénon voulait le cadavre d'un des membres de ce gang précis et pas un autre.

Séléna avait déjà tenté de bluffer les désirs du démon mais celui-ci n'était pas tombé dans le piège et ce soir-là, la jeune femme avait dû repartir à la chasse en toute hâte pour satisfaire les désirs de son maître.

Un démon insatisfait était un démon mauvais. Depuis, Séléna se le tenait pour dit et respectait scrupuleusement les demandes de Zénon.

Des rires gras s'élevèrent à l'autre bout de la ruelle. Les membres du gang des Tordus avaient terminé leurs agapes et étaient visiblement bien éméchés.

Toujours tapie dans l'ombre, Séléna les vit passer devant elle armés de barres à mines, de cutters et autres objets contondants. Ils allaient casser de la bagnole, leur passe-temps favori après l'agression des petites vieilles.

— Ça ne va pas être commode de ne pas les amocher, marmonna la jeune femme en leur emboîtant le pas.

La neige amortissait tout bruit susceptible de faire savoir qu'elle les suivait. De toute manière, les voyous étaient tellement bourrés qu'ils n'auraient même pas entendu un troupeau d'éléphants charger en barrissant dans l'étroite ruelle.

Elle se rapprocha discrètement de celui qui était le plus à la traîne. Elle ôta le gant de sa main droite et, d'un geste sûr, appuya sa paume contre l'omoplate gauche de l'homme qui tomba aussitôt foudroyé.

— Bien, déclara à haute voix la tueuse pour faire sentir sa présence aux autres membres du groupe, je n'ai pas amoché le premier, maintenant, je peux m'éclater !

À ce moment-là, l'un des vauriens se retourna pour interpeller celui qui venait de choir lourdement dans la neige. À la place de son pote, il vit une très belle jeune femme habillée en cuir qui lui souriait. Elle était magnifiquement désirable et l'homme se dit qu'après tout, les voitures des richards pouvaient attendre qu'il s'occupe un peu d'elle.

Il la détailla avec lubricité. Elle avait de longs cheveux d'or fauve qui dissimulaient les douces courbes de ses seins. Son visage était très pâle et ses yeux étaient froids comme la mort. L'homme comprit alors qu'elle n'était pas là pour lui tenir galante compagnie. Il vit son compagnon allongé sur le tapis blanc, les yeux écarquillés d'horreur, les narines pincées et la bouche ouverte dans un hurlement qui ne viendrait jamais.

Le gaillard ne mesurait pas loin de deux mètres et ses bras étaient aussi gros que la taille de Séléna. Pourtant, il se prit à trembler de peur. De la sueur froide roula entre ses épaules. Il savait que sa dernière heure était arrivée. Mais il n'allait pas mourir seul ! Ça non ! Hurlant le nom de son gang, il se rua sur l'agresseur de son ami en brandissant sa barre à mine.

Le cri de l'homme donna l'alerte à tous les membres du gang. Une poignée de secondes plus tard, la frêle silhouette de Séléna n'apparaissait même plus au milieu de la mêlée. Les coups pleuvaient et les injures aussi. Comme pour se donner du courage, les voyous crachaient leur venin en l'abreuvant de noms grossiers.

Étrangement, la tueuse encaissait coups et horions sans broncher. Même les violents chocs qu'elle reçut dans le ventre ne parvinrent pas à la plier en deux. Elle restait droite comme un i et un sourire carnassier ornait ses lèvres alors que ses prunelles reflétaient le destin funeste de ses agresseurs.

— Ça l'amuse ! s'écria l'un d'eux. Elle est folle, cette garce !

— Aucun coup ne l'amoche, dit un autre. C'est diablerie !

— Elle doit faire partie d'une secte satanique qui ne craint pas la douleur, hurla un troisième en brandissant un cran d'arrêt.

— Au massacre, les gars ! cria un autre en se jetant sur Séléna.

Alors ce fut l'horreur. Les yeux de la tueuse devinrent aussi rouges que de la braise incandescente. Son sourire se fit cruel et ses poings meurtriers. D'un simple coup de pied, elle cassa les lombaires de l'un de ses agresseurs. Quelques secondes après, deux autres tombaient sur le sol, la gorge tranchée avec leur propre lame.

Sadiquement, elle s'amusa un peu avec les cinq derniers membres du gang. Malgré leur supériorité numérique, ils n'étaient pas certains de l'emporter. Cette magnifique créature se battait avec rage et détermination. Chaque coup qu'elle portait était mortel.

Comme un serpent, elle esquivait les barres à mines, les crans d'arrêt et même les battes de base-ball. Rien ne semblait pouvoir l'atteindre.

De plus, lorsqu'une arme la touchait, elle ne paraissait ni souffrir ni en tenir compte. D'ailleurs, elle ne saignait même pas.

Elle était couverte de sang mais ce n'était pas le sien. Elle tordit le bras de celui qui avait tenté de la décapiter avec le long bâton de métal. Un craquement sec indiqua que le coude de
l'homme avait cédé sous l'impact. Un deuxième fut suivi d'un râle d'agonie.

Jouant avec la barre à mine, Séléna tua les survivants en quelques mouvements. Aucun de ses adversaires ne vit la mort arriver. Il n'avait fallu qu'à peine un quart d'heure à Séléna pour tuer une dizaine d'hommes. Elle s'essuya les lèvres du revers de sa manche. Elle savait que ce n'était pas son sang, mais à chaque fois il lui fallait se débarbouiller et laver entièrement ses tenues.

Décidément, tuer était salissant. Elle laissa les cadavres étendus au milieu de la ruelle. La neige était devenue écarlate et avait fondu par endroits sous la chaleur de l'hémoglobine suintant des corps.

D'un coup d'œil expert, Séléna vit que Zénon avait déjà prélevé son écot. Comment faisait-il pour que jamais elle ne le voit emporter le cadavre tant convoité ?

Elle tourna les talons pour rentrer chez elle. Ce soir, elle n'irait pas au club de jazz. Ben ne jouait pas. Il passait les fêtes de fin d'année en famille. Ce soir, elle n'aurait pas sa musique pour apaiser son dégoût d'elle-même.

CHAPITRE 5

— Tu te sens souillée, n'est-ce pas ? lui murmura une voix veloutée aux accents chantants du Sud.

Séléna se retourna doucement et ses yeux accrochèrent un magnifique regard d'ébène qui la fixait. L'inconnue était petite, un mètre soixante, tout au plus.

Elle était brune et avait un visage en cœur. Elle avait un faux air d'Elizabeth Taylor au temps de sa splendeur. Son corps parfait était moulé dans une tenue noire qui mettait en valeur chacune de ses courbes.

— Comment le sais-tu ? répliqua la tueuse sur un ton métallique en fixant d'un air gourmand celle qui venait de se matérialiser derrière elle tel un fantôme.

La belle brune lui sourit tristement et d'une main légère, elle vint caresser la joue de Séléna.

— Zénon a pris mon cœur, lui avoua-t-elle, et si je veux que mes enfants vivent, je dois tuer pour lui. Je suis comme toi, Séléna, ni vivante, ni morte.

Tendant une main vers la jeune femme, elle ajouta :

— Je m'appelle Lucie.

Séléna serra la main tendue et fut étonnée de la trouver si douce.

— Bien, bien, bien, fit une voix ironique que les deux jeunes femmes reconnurent aussitôt, mes deux petites chéries se sont enfin rencontrées.

L'air satisfait de lui-même, Zénon paradait autour des deux tueuses et disparut quand elles firent mine de se diriger vers lui.

— Il m'énerve, grogna Séléna, quel couard ! On ne peut jamais lui parler !

— Laisse tomber, lui répondit doucement Lucie. Il ne vaut même pas ta colère.

Passant une main fine et délicate sur l'avant-bras de Séléna, elle lui demanda à brûle-pourpoint :

— Te souviens-tu de ta première fois ?

Séléna grimaça. Elle secoua ses longs cheveux fauves. Oh oui, elle se souvenait. Elle revivait ce cauchemar bien trop souvent !

— Il devait avoir dix-huit ans à peine, s'entendit-elle raconter d'une voix étranglée. Il était torse nu en plein soleil. Je n'ai eu qu'à poser ma main sur lui et son cœur s'est arrêté de battre. J'ai alors compris la puissance mortelle que m'avait donnée Zénon. Et toi ?

Le visage si doux de Lucie s'assombrit. Ses yeux lancèrent des éclairs et elle laissa tomber :

— J'ai éradiqué un menteur !

Devant le visage étonné de son interlocutrice, elle précisa :

— J'ai goûté à la mort sur un médecin... celui qui m'avait annoncé que j'allais mourir d'un cancer.

Sa voix se fit colère :

— Quand les résultats sont arrivés et qu'il m'a annoncé que la greffe n'avait servi à rien, j'ai voulu mourir dans l'instant. Je n'ai pas peur de la mort mais je ne voulais pas que les miens me voient dépérir. Et Zénon est arrivé. Il m'a promis une vie éternelle et que je verrais grandir mes trois petits contre quelques menus services. Je lui avais à peine dit oui qu'il m'arracha le cœur ! Je me souviens précisément de l'instant
où, sa main griffue farfouillant mes entrailles, il me dit, presque avec plaisir, « les humains sont trop nuls.... Tu n'avais même pas de cancer ! ».

— Le diagnostic aurait été erroné ? la questionna Séléna avec circonspection.

— On m'avait dit que j'étais en rémission, grinça Lucie. Rémission... connerie, oui ! C'est te faire goûter à nouveau à la vie pour mieux te la reprendre après ! Puis les fameux résultats annonçant la nullité de la greffe... Bref, j'ai vite décidé que c'était lui qui devait mourir... Pour tous les faux espoirs qu'il m'avait donnés... Zénon voulait un premier cadavre, je lui en ai offert six : le responsable du service d'oncologie de l'hôpital St Jérôme et toute son équipe. Va savoir pourquoi, Zénon ne prit que le corps du jeune infirmier, celui qu'il m'avait ordonné de tuer.

Séléna soupira.

— Oui, je sais, dit-elle à son tour, à chaque fois que j'en tue plusieurs, il ne prend que le corps de celui qu'il m'a donné l'ordre de tuer.

— Il t'a précisé qu'il ne faut pas abîmer les corps ?

— Oui, il me l'a plus d'une fois répété... soit disant que c'est pour cela qu'il nous a fait don de pouvoir tuer par l'apposition des mains. Mais j'ai pris goût au sang, et les cadavres que je sème sont bien souvent méconnaissables. Je fais juste attention à ne pas abîmer celui qui est désigné par Zénon.

Les deux jeunes femmes se turent un instant, partageant un court moment de silence où elles se remémoraient ce qui les avait conduites vers le démon.

— Je rentre chez moi, dit seulement Séléna. J'ai accompli mon œuvre pour ce soir.

Elle sortit une carte de sa poche.

— Mes coordonnées, ajouta-t-elle en tendant le petit bristol à sa nouvelle amie. N'hésite pas à me joindre.

Lucie lui sourit tristement en rangeant le petit bout de carton dans une de ses poches.

— Je rentre aussi chez moi, souffla-t-elle de sa voix aux accents chantants. Je suis si fatiguée.

Sans dire un mot de plus, elles partirent chacune de leur côté sous l'œil du démon qui n'avait pas perdu une miette de leur entrevue. Son don d'invisibilité n'était pas connu de ses subalternes.

Les regardant s'éloigner, il se frotta contre un poteau car son dos le démangeait. Son maître l'appelait. Ircevan voulait revenir dans cette dimension et il torturait à loisir son démon préféré pour cela.

— *Quand vas-tu terminer la pyramide de Korsandre !* gronda la voix d'Ircevan dans le crâne de Zénon. *Ce que je te demande est d'une facilité si déconcertante qu'un débutant l'aurait déjà accompli depuis longtemps ! Pourquoi toi, mon meilleur apprenti, tu n'y arrives pas ?*

— Les corps, gémit Zénon, elles les abîment trop ! Même ceux qu'elles tuent par l'apposition des mains ! Dans leur soif de sang, Séléna et Lucie détruisent mes cadavres ! Et la pyramide de Korsandre ne doit être bâtie qu'avec des corps non mutilés !

Des corps encore chauds non mutilés
Aux âmes perdues et jamais apaisées
Positionnés telle une pyramide de Korsandre
Pour qu'Ircevan renaisse de ses cendres

La voix d'Ircevan résonnait encore dans la tête de Zénon qui balbutia :

— Oui, Maître !

— *J'ai vu ton œuvre, pauvre idiot !* martela la voix métallique du seigneur démoniaque. *Tu es vraiment trop nul ! La pyramide est faite de cadavres décomposés. Les corps sont en pleine putréfaction. Comment veux-tu que la magie de Ferfailles agisse ?*

— Je ne comprends pas, Maître, pleurnicha l'interpellé,

je dispose les corps comme sur le schéma à chaque fois que mes deux tueuses me les fournissent.

— *Il faut qu'elles te fournissent les cinq cents cadavres en une seule fois, sombre et stupide idiot ! La pyramide doit être faite de cadavres frais et non mutilés. Débrouille-toi mais accélère le processus, sinon crains ma colère !*

Zénon sentit Ircevan quitter son corps. Sa magie était puissante, très puissante… mais s'épuisait vite !

Cinq cents cadavres en une seule soirée ? Impossible ! Zénon devait informer ses deux tueuses de l'ampleur de la tâche à accomplir. Comment le leur dire ? Enfin, leur donner l'ordre ne lui posait aucun problème mais savoir qu'il était irréalisable le dérangeait.

Demain… il leur dirait demain. À présent qu'elles s'étaient rencontrées, il pouvait les convoquer toutes les deux et leur expliquer.

CHAPITRE 6

Enjambant le corps de l'homme qu'elle venait de tuer en lui brisant simplement les vertèbres, Séléna s'avança, le sourire aux lèvres, vers la trentaine de loubards qui l'invectivait, couteau à la main.

Ils formèrent une ronde autour d'elle. D'un geste gracieux, elle sortit son long couteau à la lame effilée de sa manche. D'un bond de tigresse, elle passa à l'attaque.

Le premier fut mort avant d'avoir compris qu'elle lui avait tranché la carotide. Le deuxième, venu à la rescousse, fut repoussé d'un coup de pied dans le plexus et achevé d'un coup de genou dans la mâchoire alors qu'il tentait de se relever.

Durant dix bonnes minutes les seuls bruits qui retentirent dans la ruelle sombre furent ceux des craquements d'os, des râles, ou des cris de douleur.

En sueur, Séléna déchiquetait tous ceux qui osaient l'approcher. Aucun des loubards ne voulait lâcher prise. Tous voulaient « se faire ce joli brin de fille »...

Quand elle eut éventré son dernier ennemi, Séléna reprit son souffle et grimaça. Elle était couverte de sang poisseux mais n'avait aucune égratignure.

Ses cheveux étaient une masse rougeoyante informe et ses mèches s'entremêlaient au gré du vent violent qui sévissait depuis plusieurs jours sur la ville.

La police allait certainement bientôt arriver. Un gang de voleurs et de violeurs de moins serait leur seule constatation… Les forces de la loi ne menaient même plus d'enquête sur les meurtres de voyous depuis que les statistiques sur la violence avaient explosé ces derniers mois. Les policiers n'étaient plus assez nombreux pour s'occuper de trouver les assassins des petits malfrats. Mieux valait tout de même ne pas traîner dans le coin à leur arrivée.

Leste comme un chat, Séléna grimpa le long d'une échelle qui menait à un toit. À ce moment-là, elle ressentit une sensation bizarre : son cœur l'appelait ! C'était la première fois qu'elle ressentait cela depuis que Zénon s'en était violemment emparé.

Elle reprit rapidement ses esprits. Il fallait fuir et retourner chez elle. Arrivée sur le toit de l'immeuble, une pluie diluvienne et salvatrice la lava de tout le sang accumulé sur ses cheveux et ses vêtements. Trempée jusqu'aux os, elle réussit à retourner à son appartement.

Pas question de rentrer chez elle dans cet état, elle ne voulait pas abîmer le parquet, d'autant plus que le propriétaire de son appartement était le père de sa meilleure amie ! Sans pudeur aucune, elle ôta ses habits souillés sur le pas de sa porte et entra en sous-vêtements dans son logement.

Félona, son chat, l'attendait sagement couché sur le canapé et lui décocha un regard ensommeillé. Séléna vint lui grattouiller la tête. Elle se débarrassa du reste de ses vêtements et tomba, nue, sur son lit. Elle s'enroula dans la couette et s'endormit comme une masse.

Elle ouvrit les yeux soudainement. Elle était dans un endroit monstrueux qui ressemblait aux entrailles d'une bête immonde. Les murs suintaient le sang et étaient visqueux. Le sol bougeait comme s'il respirait. Une odeur putride la fit vomir.

— Que fais-tu là ?

Séléna se retourna mais elle avait reconnu la voix de Lucie avant de se retrouver face à celle-ci.

— Je n'en sais rien, lui avoua-t-elle. Je me suis juste réveillée... ici !

La brunette haussa les épaules d'un air fataliste.

— Encore un sale tour de Zénon !

Des yeux fluorescents s'allumèrent autour d'elles. Instinctivement, elles se mirent dos à dos, en position de combat.

— Les loups de Ferfailles, grommela Séléna. Zénon m'en a parlé une fois. Il a dit que c'était les cerbères du lieu où il conserve nos cœurs.

Un grondement de tonnerre déchira le silence et un éclair zébra la chambre de Séléna, la réveillant en sursaut.

— Pfiout ! Ce n'était qu'un cauchemar, soupira-t-elle.

Elle se leva pour se passer de l'eau sur le visage, mais le téléphone sonna au moment où elle traversait le salon afin de se rendre à la salle d'eau.

Qui pouvait l'appeler à 2 heures du matin ?

— Séléna ? J'ai fait un terrible cauchemar et…

— … tu sais où Zénon cache nos cœurs, termina la rouquine en reconnaissant la voix de Lucie.

— Oui, souffla son amie.

— Viens chez moi, nous allons en parler, dit seulement Séléna.

— J'arrive dans dix minutes !

✳✳✳

— Mon cœur m'appelle, laissa tomber Lucie en sirotant son Malibu Coca.

— Le mien aussi, la rassura Séléna en lui posant la main sur le poignet dans un geste tendre. Ils sont une partie de nous, reprit-elle après quelques minutes de silence, ils sont en man-
que de nos corps et de nos âmes.

— Mais comment les récupérer et comment inverser le processus d'arrachage de cœur que nous a fait subir Zénon ?

Séléna se leva et leur resservit à chacune un verre.

— Nous savons où il cache nos cœurs : dans les entrailles de Ferfailles. Nous savons que si nous voulons lui reprendre nos cœurs, il nous faudra tuer ses cerbères. Il ne reste plus qu'à trouver l'entrée qui mène jusqu'aux enfers de Zénon. Se balader dans les bas-fonds de la ville devrait nous apprendre pas mal de choses. Qui plus est, il y a une vieille illuminée que j'aimerais te présenter. Elle pourrait même nous apprendre comment récupérer nos cœurs.

— C'est une sorcière ou un truc comme ça ? demanda timidement Lucie.

— Un truc comme ça, oui, acquiesça Séléna en entourant de ses bras les épaules de son amie. Mais n'aie aucune crainte, tant que tu es avec moi, je te protégerai.

— Je ne suis pas en sucre, grogna Lucie, vexée.

— Mais non, mon ange, sourit Séléna, mais je veille toujours sur les personnes que j'aime.

Leur baiser fut long et passionné.

Et alors qu'elles s'embrassaient, leurs corps s'embrasèrent. De caresses en soupirs, leurs baisers les portèrent jusqu'au grand lit où leurs corps s'emmêlèrent jusqu'au plaisir ultime.

CHAPITRE 7

Depuis plusieurs heures, Séléna et Lucie déambulaient dans les bas quartiers de la ville. Croisant truands et mafiosi locaux, elles s'étaient habillées pour l'occasion. Vêtues de cuir ou de jean et chaussées de bottes, couteaux et autres armes blanches dissimulées dans leurs tenues, elles s'étaient apprêtées pour l'assassinat. Mais ce soir, c'était surtout pour préserver leur vie.

— Comment allons-nous pouvoir apporter chacune un cadavre à Zénon ce soir si nous partons à l'aventure ? avait hasardé Lucie en enfilant ses bottes.

— Nous allons récupérer nos cœurs, ma belle, avait répliqué Séléna. Le pacte sera rompu. On ne devra plus tuer pour le compte de ce démon puant !

— On perdra nos pouvoirs ? demanda encore la brunette.

— Évidemment, s'exclama Séléna. Et peut-être même que Zénon nous fera pourchasser par ses sbires ou par d'autres tueurs à qui il a ôté le cœur. Nous aviserons le moment venu. Pour l'instant, ce qui compte, c'est de trouver Mama Oulimata. Elle connaît Zénon et sa pratique de prise d'otage des cœurs pour asservir les humains. Nous verrons bien si ses conseils peuvent nous être d'une quelconque utilité.

L'entrée des abysses de Ferfailles était située au fond d'une ruelle sombre et malodorante. Un escalier descendait en tournant et la porte qui ouvrait sur le monde de la nuit était ornée d'un cadavre de chauve-souris dont les ailes écartées étaient transpercées chacune d'un couteau.

Les sens en alerte, une lame à la main, les deux amies s'engouffrèrent dans un univers où obscénité et malversation régnaient en maître. Elles évitèrent gracieusement les mains baladeuses (sauf une qui reçut malencontreusement la lame du couteau de Séléna qui vint se planter dans le creux de la paume qui se trouvait bien trop près des fesses de Lucie). Séléna vint arracher le couteau de la chair sanguinolente de l'homme grassouillet qui avait frôlé Lucie d'un peu trop près et elle lui dit d'une voix sourde : « la prochaine fois je vise plus bas, et jamais encore je n'ai raté ma cible ! ». L'individu, tout truand qu'il était, sut qu'elle ne mentait pas. Il la dévisagea craintivement.

Depuis quelque temps, une légende courait dans les bas-fonds de Ferfailles, celle d'une tigresse rousse qui semait des cadavres derrière elle. Et l'homme ne voulait pas être de ces cadavres si la légende s'avérait fondée.

Après avoir emprunté de nombreuses ruelles, toutes plus mal famées les unes que les autres, Lucie était complètement perdue. Elle prit la main de Séléna qui la lui serra fermement pour la rassurer.

— Mama Oulimata a pignon sur rue après cette échoppe-ci ! dit Séléna en montrant du doigt un petit commerce.

— Une échoppe, ça ? grimaça Lucie en voyant des têtes réduites se balancer sur des pots dégageant des volutes de fumée à l'odeur nauséabonde.

La cabane, car ce n'était qu'une simple cabane faite de planches de bois, ne montrait pas de signes cabalistiques, ni d'objets de culte ostentatoires. Séléna passa la porte qui grinça, suivie de Lucie qui fut surprise de la propreté impeccable de la petite pièce. Baignée dans une fumée verte qui provenait d'une lampe à vapeur diffusant de l'eucalyptus, le bureau de Mama Oulimata ne possédait que trois fauteuils et un tapis rond au centre des assises. Une fine femme noire aux yeux de jais leur sourit.

— Sois la bienvenue Séléna, ainsi que toi, son amie que je ne connais pas, dit d'une voix rauque la magnifique apparition.

Lucie estima qu'elle devait être issue du peuple peule pour
être aussi belle.

— Oui ma jolie, je suis peule par ma mère et japonaise par mon père ! Drôle de mélange, n'est-ce pas ? Et oui, je lis dans les pensées, ajouta-t-elle en souriant devant la question que s'apprêtait à poser Lucie.

— Tu as besoin de mes conseils et tu es prête à recevoir les enseignements pour conjurer le pacte de Zénon, affirma-t-elle en regardant Séléna, et tu souhaites que mes cours vous soient dispensées à toutes les deux… ça te fera mille âmes.

Séléna arracha de son cou un collier où trônait une petite bouteille aux couleurs changeantes et le déposa au creux de la main de Mama Oulimata.

— En voici déjà sept cent quatre-vingt-neuf. Donne-moi un autre collecteur et je te donne le reste après la mission que Lucie et moi nous nous sommes fixée.

— À quoi sert un collecteur d'âmes ? demanda Lucie avec curiosité. Et que faites-vous des esprits ainsi récoltés?

Mama Oulimata se leva, murmura une incantation dans une langue incompréhensible qui semblait venir du fond des âges, et ouvrit la bouteille. Des volutes de fumée de couleurs différentes s'évaporèrent dans la pièce.

— Je les libère, lui expliqua la sorcière, et ainsi j'empêche Zénon d'accomplir son œuvre. Pour libérer Ircevan, il a besoin de cadavres frais mais possédant encore une âme. Le collecteur que porte Séléna absorbe les âmes dès qu'elle tue un être humain. Ainsi les cadavres que récolte Zénon n'ont pas le pouvoir magique qui permettrait à la pyramide de Korsandre de fonctionner.

— Je veux aussi un collecteur d'âmes, déclara subitement Lucie sur un ton péremptoire.

Mama Oulimata la fixait de ses yeux de braise.

— Il est dangereux d'en porter un, ma jolie ! lui répondit-elle. Tu peux y laisser la vie s'il se casse et que les âmes collectées traversent toutes ton corps en voulant l'investir.

— Si cela arrivait, que devrais-je faire ? demanda alors la jeune femme.

— Je devrais te tuer, jeta froidement Séléna, ou ton corps sera hanté pour l'éternité par un grand nombre d'âmes qui, une fois qu'elles auront évincé la tienne, se battront pour que la plus forte reste et dirige ta vie. Tu ne seras plus toi et tu ne pourras plus le redevenir.

— Je prends le risque ! décida Lucie.

— Non ! s'interposa Séléna.

— Alors je ne veux pas que tu en portes, souligna judicieusement la brunette en croisant les bras et en plantant un regard décidé dans celui de son amie.

Mama Oulimata mit fin à la discussion en levant la main.

— Chacun est maître de sa destinée, Séléna ! Lucie peut avoir un collecteur, seulement je dois l'avertir qu'elle y laissera la vie. Je le vois dans son avenir. Je vois qu'elle mourra à cause des âmes torturées.

— Depuis que Zénon m'a arraché le cœur, je n'ai plus de vie, dit Lucie d'un air triste, alors mourir ne m'effraie pas.

— Et si nous arrivons à détruire le pacte du démon ? s'enquit Séléna. Tu auras à nouveau ton cœur et ta vie.

— As-tu réfléchi au fait que si c'est mon destin de mourir pour que s'accomplisse ta destinée, à savoir de détruire Zénon, me protéger c'est lui garantir de vivre ?

Séléna ne sut que répondre. Son amie avait raison. Mama
Oulimata déposa un collecteur dans la main de Séléna. La jeune femme vint elle-même le passer autour du cou de Lucie. La petite fiole vint se loger entre les seins de la brunette et Mama Oulimata clama une incantation en langue ancienne oubliée de tous, sauf des initiés à la magie noire, afin de déclencher l'ouverture du collecteur de Lucie.

— N'oublie pas : il est impératif qu'il ne se brise jamais sur toi sinon les âmes contenues dans le collecteur te tueront, lui rappela Mama Oulimata.

Le rituel n'avait duré que quelques minutes mais Séléna le vécut comme une éternité. Elle se maudit d'avoir emmené Lucie chez Mama Oulimata.

Elle aurait dû venir plus tôt… elles seraient allées directement vers les bas-fonds toutes les deux sans passer voir la sorcière.

— *Ne te torture pas, Séléna,* lui susurra Mama Oulimata par télépathie. *C'est le destin de Lucie de donner sa vie pour que tu puisses éliminer Zénon. Même si tu ne l'avais pas amenée, je l'aurais rencontrée dans d'autres circonstances. C'est écrit. C'est tout.*

CHAPITRE 8

— Comment et où trouver votre cœur, je ne puis vous aider, dit Mama Oulimata. Mais je peux vous dire comment vous l'approprier à nouveau, une fois que vous l'aurez physiquement devant vous. Prenez ces fioles et avalez le contenu… votre organe sera alors vôtre à nouveau…

Elle leur tendit à chacune une petite bouteille qui renfermait un liquide épais d'une couleur violacée. Ça n'avait pas l'air bien appétissant mais s'il fallait en passer par là pour redevenir celles qu'elles avaient été, les deux jeunes femmes n'hésiteraient pas à boire de la mort-aux-rats si la situation l'exigeait !

— C'est tout ? s'étonna Séléna en mettant délicatement la fiole dans la poche intérieure de son blouson, celle qui fermait avec un zip.

— Oui, certifia Mama Oulimata, le risque est dans la réception du cœur. Celui-ci acceptera-t-il de vous revenir après avoir été si longtemps abandonné ?

— Notre cœur peut nous rejeter ? s'étonna Lucie. Mais nous n'avons pas choisi de le perdre…

— Vous avez accepté le pacte, souligna la sorcière.

— Mais Zénon menace ceux qu'on aime si on ne signe pas ce fichu contrat avec lui ! s'insurgea Séléna.

— Je sais, soupira la belle Peule, ce n'est certes pas juste mais telles sont les lois de l'Obscur. Que l'Œil de

Grach veille sur vous deux !

* * *

Tapies derrière un tas d'immondices, les deux jeunes femmes
évaluaient la situation. Quinze hommes protégeaient l'entrée vers le monde de l'Obscur. Des fidèles de Zénon, les Hipshaks, des humains qui, eux aussi, avaient perdu leur cœur et qui le payaient chaque jour en protégeant leur bourreau.

— Possible à nous deux, décréta Lucie qui avait déjà sorti ses deux couteaux et exécutait de légers mouvements circulaires avec.

Son short en jean laissait voir ses magnifiques jambes sculptées et ses bottines à talons aiguilles étaient aussi de formidables armes quand elle combattait au corps à corps. Séléna sourit et sortit sa dague à la longue lame effilée.

Tout ce que virent les Hipshaks fut une tornade rousse toute de cuir vêtue, accompagnée d'une furie brune en jean. Les deux jeunes femmes avaient bondi en même temps sur les gardiens de la porte et deux Hipshaks avaient été égorgés en un instant.

Pendant que Lucie faisait tournoyer ses couteaux en les plantant de temps à autre dans un Hipshak, Séléna distribuait des coups de pied pour assommer ses adversaires et achevait l'ennemi d'un seul coup de lame. Elle visait la carotide. Le sang giclait abondamment et les hommes mouraient en quelques instants.

D'ailleurs, Séléna fut un court instant intriguée par ce flot de sang alors que les Hipshaks étaient, comme elle, dépourvus de cœur. Elle repoussa cette pensée en passant sa main droite dans ses cheveux. Elle était gauchère et tuait toujours de la main gauche. La droite donnait les coups de poing.

Une dizaine de minutes plus tard, la porte du Monde de l'Obscur n'était plus protégée. Ouvrant un lourd battant de bois dont les gonds ne grinçaient pas, les deux amies entrèrent dans un couloir où l'odeur putride de cadavres en décomposition leur confirma qu'elles étaient au bon endroit.

✱✱✱

Les murs suintaient du sang rouge et chaud. Ce n'était pas du béton mais une sorte de paroi stomacale. Dégoûtant. Le sol était instable et poreux, comme la langue d'un animal.

Les deux jeunes femmes avancèrent de concert, l'arme à la main, prêtes à toute éventualité. Personne ne se vantait d'avoir été se balader dans le monde de l'Obscur. D'ailleurs, existait-il une seule personne qui en était même revenue vivante ?

— Oh qu'elles sont appétissantes ! grésilla une voix derrière elles.

Un Hipshak… encore un ! Mais celui-ci était différent de ceux qu'elles avaient tués pour atteindre la porte de l'Obscur.

— Je suis un Kapshak, leur apprit-il. Un humain qui s'est mis volontairement au service de l'Obscur contre de merveilleux pouvoirs, dont la télépathie.

— Un renégat, grinça Séléna en se positionnant face à lui tandis que Lucie le contournait pour l'empêcher de fuir. Ne pense pas, ma chérie, dit-elle à son amie, agis instinctivement !

Éclat de rire, grossier et obscène. L'ennemi voulait les déstabiliser. Il réussit un court instant à ébranler la confiance des deux jeunes femmes en parant tous les coups de Séléna et en la blessant d'un coup de lame à l'épaule.

Les deux jeunes femmes vidèrent leur esprit et se concentrèrent sur un seul objectif : vaincre ! La brunette attaqua en distribuant des coups de pied sautés au visage de l'ennemi qui recula sous la force des talons de Lucie.

Parant aisément les répliques de son adversaire, elle le fatiguait tandis que Séléna cherchait une faille dans la défense du Kapshak.

Celle-ci se présenta. Durant un quart de seconde, ses cotes furent à découvert. La rouquine y planta sa longue lame effilée
 tuant net sa victime.

Être un Kapshak ne signifiait pas être immortel.

Une mare de sang rouge sombre à l'odeur métallique se dessina rapidement autour du corps mais elle ne resta pas longtemps en surface car le sol poreux l'aspira.

De l'air. De l'air pur. Venu d'on ne sait où, il caressa la joue de Séléna. Elle stoppa net sa course dans les couloirs sombres, suivie de Lucie, qui sentit après coup, la caresse de la petite brise. D'instinct, Séléna chercha la provenance de cette bouffée d'air frais et se dirigea vers elle.

— Par ici, décida-t-elle en s'engouffrant dans un tunnel sanguinolent aux artères apparentes comme si les murs du goulet étaient faits de peau.

Chatouillant le nez de Lucie, le petit zéphyr l'invita à suivre son amie. Guidées par cette agréable brise, elles se faufilèrent par des ruelles suintantes vers des sentes escarpées qui s'enfonçaient toujours plus profondément dans les entrailles de Ferfailles.

***

Les crocs menaçants et les oreilles rabaissées en arrière, une meute de chiens loups barrait le chemin aux deux amies. De la bave coulait de leurs gueules ouvertes dont les mâchoires claquaient dans le vide en essayant d'attraper les jambes des deux jeunes femmes qui esquivaient les crocs comme elles le pouvaient.

Séléna ponctua d'un hurlement sauvage le premier coup de dague qu'elle enfonça à la verticale dans le crâne de l'animal qui faillit lui arracher la main. Un cri de triomphe lui répondit. Lucie avait pris de l'avance. Trois chiens loups tournoyaient à la recherche de sa prochaine victime.

Le combat fut de courte durée, les loups de l'Obscur n'avaient pas l'habitude d'être malmenés. La terreur qu'ils inspiraient suffisait à paralyser leurs victimes, qu'ils tuaient d'un simple coup de crocs.

Mais les couteaux de Lucie et la lame de Séléna leur furent fatals et ils comptèrent un nombre important de congénères tués dans le combat.

— La voie est libre, dit Séléna.

— Vite ! Allons-y avant que d'autres bestioles ne se pointent, ajouta Lucie.

Et elles disparurent dans un tunnel sombre.

CHAPITRE 9

Une salle immense… gigantesque caverne aux dimensions gargantuesques. Le plafond était si haut qu'elles ne pouvaient en apercevoir la voûte. Contre les parois rocheuses étaient alignés sur des étagères des milliers de bocaux. Dans chaque bocal un cœur battait.

C'était… surnaturel, de voir un cœur arraché, aux artères tranchées, qui battait, comme s'il pompait encore du sang.

Quand elles déboulèrent dans l'antre machiavélique du démon, les deux jeunes femmes furent éblouies par la luminosité qui émanait des rayons de l'étrange bibliothèque. Elles venaient de traverser un long couloir obscur et la lumière leur fit mal aux yeux. Petit à petit, leur vision s'adapta et elles virent que deux bocaux brillaient plus intensément que les autres.

— Nos cœurs ! murmurèrent–elles de concert.

Elles approchèrent leurs mains de la rangée où brillaient les deux bocaux posés côte à côte et la luminosité s'intensifia encore. Pas de doute, c'étaient bien les leurs. Sortant de sa poche la fiole au liquide violet, Séléna avala son contenu après avoir, au préalable, ouvert le bocal où battait son cœur frémissant. Elle s'évanouit.

Lorsqu'elle reprit ses esprits, elle vit le beau visage de Lucie penchée sur elle.

— Ton cœur bat à nouveau dans ta poitrine, lui chuchota la brunette en caressant d'un doigt léger le contour du visage de Séléna.

Passant une main tremblante d'inquiétude sous son t-shirt, la jeune femme sentit que la cicatrice boursouflée qui se nichait au creux de ses seins avait disparu et qu'un battement sourd martelait sa poitrine.

Son cœur lui était revenu. Le pacte était rompu.

— Fais-le toi aussi, souffla Séléna à sa compagne en se redressant péniblement.

Un éclat violet attira son regard. Non, pas ça ! se dit-elle en son for intérieur. Entre les seins de Lucie, son collecteur d'âmes et celui de son amie étaient unis sur la même chaîne d'argent.

Séléna porta vivement la main à son cou... il était libre de tout bijou. Lucie avait profité de sa faiblesse pour lui ravir le pendentif dangereux.

— C'est mon destin d'y laisser la vie, lui murmura son amie à l'oreille. Tu le sais et je le sais. Alors ne provoquons pas l'impensable. Je veux que tu vives. Pour moi, pour nous.

— Lucie ! Non ! s'exclama Séléna, laisse-moi te protéger !

— On ne peut rien contre ce qui est déjà écrit ! la morigéna son amie avec douceur. Profitons de nos dernières heures et allons éradiquer ce démon !

— Pour cela, il faut que tu reprennes ton cœur, souffla Séléna. Mama Oulimata pense que si deux cœurs manquent à l'appel, le démon sera furieux et viendra jusqu'à nous pour le dernier combat.

Lucie ouvrit la petite fiole et sentit le liquide violet. Elle fronça le nez.

— Ça pue ce truc ! grommela-t-elle de sa belle voix de velours aux accents méridionaux.

— Oui et c'est horriblement dégueulasse à avaler, ajouta Séléna, mais il faut le faire.

— Puisqu'il le faut, soupira Lucie en avalant d'une traite le contenu de la fiole.

Tout comme Séléna, elle s'évanouit sous le choc violent que procurait la boisson magique de Mama Oulimata. Par quelle sorcellerie le cœur disparut du pot où il était conservé pour réapparaître dans le corps de la jeune femme ? Nul ne le saura jamais.

— Le trip d'enfer, balbutia Lucia en reprenant ses esprits. J'ai une de ces migraines de dingue ! Ça cogne dans ma tête…

— … et aussi dans ta poitrine, ajouta Séléna. Tu as récupéré ton cœur. Dès que tu te sentiras mieux, on disparaît. Zénon doit à présent ressentir la disparition de nos cœurs dans sa collection sanglante. Il va entrer dans une grande fureur.

— N'est-ce pas ce que tu souhaitais ? lui demanda Lucie. Le provoquer pour le faire sortir de l'ombre ? Pour qu'il nous attaque ?

— Si, acquiesça la rouquine. Mais pas ici. Selon Mama Oulimata, l'ultime combat ne doit pas être livré sur son domaine. Il doit avoir lieu dans le monde d'en haut… chez nous !

Malgré une nausée persistante et la tête qui tournait, Lucie demanda à Séléna de l'aider à se relever. Les jambes tremblantes, elle tenait à peine debout. Appuyée sur son amie, elle réussit tout de même à rebrousser chemin jusqu'à la porte de l'Obscur.

Une fois dans la ruelle, elles virent que les corps des Hipshaks avaient disparu. Zénon devait être à l'affût…

CHAPITRE 10

— Kadrik ! s'exclama Séléna avec un sourire à l'approche d'un grand homme noir d'une trentaine d'années, aux épaules larges et au torse couvert de chaînes d'argent aux lourdes mailles. Que fais-tu dans les parages ?

— Tu es sur mon territoire, petite sœur, lui répondit le dénommé Kadrik. Mama Oulimata m'envoie te prêter main forte avec l'aide de tous mes frères. Elle a senti le danger qui t'entoure. Mais avec les Dragons Noirs à tes côtés, tu n'as rien à craindre !

Des hommes musclés et tatoués de signes cabalistiques sortirent de l'ombre.

— Il paraît que tu vas débarrasser les ruelles d'un gros parasite ! dit encore Kadrik en souriant.

Séléna se prit à penser que le sourire carnassier du chef des Dragons Noirs était encore plus terrifiant qu'un de ses fameux regards ombrageux.

Toute aide était la bienvenue. Le combat allait être difficile.

✳✳✳

— Vous avez osé me provoquer !

La voix de Zénon retentit dans la ruelle aux parois suintantes et se répercuta, telle une menace, dans les bas-fonds de l'Obscur.

Zénon se matérialisa devant Séléna. Entouré de sa garde rapprochée composée de Kapshaks, il paradait comme s'il était le Maître Absolu. Ses yeux flamboyaient, sa bouche édentée était tordue dans un sourire satisfait, tandis que ses mains aux doigts crochus étaient menaçantes envers les deux amies.

Séléna et Lucie se mirent en position de combat. Se postant devant Séléna, Lucie apostropha le démon avec insolence.

— Fuyez bonnes gens, voici le gros méchant démon ! se moqua-t-elle.

— Idiotes que vous êtes, rugit encore Zénon de sa voix de stentor, soyez maudites !

— Ça, on l'est déjà, rétorqua malicieusement Lucie.

— Vous avez dressé contre moi tous mes esclaves, continua le démon comme si Lucie ne l'avait pas interrompu. Ils veulent tous reprendre leur cœur à présent ! Et malgré mes loups, ils ont envahi la salle où je les stockais et mes trophées disparaissent les uns après les autres !

D'ailleurs… comment avez-vous pu vous réapproprier vos cœurs ? Ma magie aurait dû vous en empêcher !

Zénon parut réfléchir. Il se gratta le crâne et en détacha des croûtes noirâtres qui tombèrent à terre, arrachant à Lucie un rictus de dégoût.

— Mama Oulimata, gronda Zénon. Évidemment ! Eh bien, mes gazelles, vous ne faites que quitter un maître pour en trouver un autre. Et le pire qui soit ! Vous vous apercevrez vite que Mama Oulimata est une vraie sorcière !

Surprenant le regarde déconcerté qu'échangèrent les deux jeunes femmes, Zénon continua :

— Mama Oulimata est ma pire ennemie. Elle veut détruire Ircevan lui-même pour prendre sa place et gouverner les mondes de l'Obscur ! Elle réussira peut être à m'évincer, mais le Maître des Entrailles de Ferfailles est d'un autre acabit ! D'ailleurs, il n'a pas encore de forme physique dans cette dimension…

— *Tais-toi, sombre idiot !* retentit la voix d'Ircevan dans le crâne de Zénon.

— Et il ne reprendra jamais sa forme première, dit une voix qui provenait d'un recoin sombre. J'y veille depuis longtemps… depuis que je l'ai envoyé pourrir dans les limbes, ajouta dans un rire Mama Oulimata (puisque c'était bien elle) en s'approchant du démon, montrant ainsi qu'il ne l'impressionnait nullement.

— C'est à cause de cette sorcière si la pyramide de Korsandre ne fonctionne pas ! rugit Ircevan qui venait de comprendre.

Il avait beau être le Maître des Mondes Obscurs, il était lent côté cerveau. La colère lui avait aussi fait oublier de rester tapis au fond du crâne de Zénon et tout un chacun pouvait à présent entendre sa voix.

La belle Peule eut un sourire satisfait.

— Oui Ircevan, lui répondit-elle, les cadavres qui composent ta pyramide de Korsandre ont été préalablement privés de leur âme. Voilà pourquoi l'énergie de l'Obscur ne pouvait y circuler ! Rien à voir avec la décomposition des cadavres ! ajouta-t-elle avec un petit rire satisfait. Séléna et Lucie travaillent pour moi. Quand elles tuent pour Zénon, elles collectent l'âme du défunt avant de laisser le corps au démon.

La sorcière eut un rire qui la secoua tout entière.

— Je suis plus futée que ton démon de pacotille, Ircevan !

De rage, Zénon envoya ses gardes du corps à l'assaut de Mama Oulimata. D'un même élan, Séléna, Lucie et les Dragons Noirs vinrent se placer devant elle.

Seul le sang allait résoudre l'altercation entre le démon et la sorcière.

CHAPITRE 11

La tension était palpable.

Prêts à combattre, les protagonistes se jaugeaient du regard.

Qui allait déclencher l'offensive ? Qui porterait le premier coup ?

En reculant, un Hipshak perdit l'équilibre. Il se retint à un bidon. Vide, celui-ci tomba à terre, suivi de l'esclave de Zénon qui s'étala avec fracas au milieu des immondices qui polluaient les ruelles du monde de l'Obscur.

Ce fut le signal.

Séléna fonça droit sur Zénon, armée de son coutelas. Suivie par Lucie et ses couteaux virevoltants, elle parvint à toucher le démon de sa lame avant que ses gardes du corps ne puissent l'en empêcher.

Occupés à parer les coups de pied et de poing que distribuaient les Dragons Noirs, les Hipshaks ne pouvaient défendre leur maître. Les Kapshaks s'étaient retrouvés immobilisés par un sort qui soudait leurs pieds au sol.

Toute tentative de se rapprocher de leur maître les fit tomber à genoux. Ils ne pouvaient se relever comme si le sort qui s'était emparé de leurs pieds s'en prenait aussi à leur corps tout entier.

Assise sur la plus haute marche d'un escalier qui menait à une taverne mal famée, Mama Oulimata psalmodiait des incantations dans une langue gutturale aux accents métalliques.

— Sorcière ! rugit Zénon en lui envoyant la boule de feu qui venait de naître au creux de sa paume noirâtre.

Dans un petit rire, Mama Oulimata leva la main et, d'une pichenette, renvoya le projectile enflammé vers son propriétaire
qui le reçut en pleine face. Ce qui eut pour conséquence d'énerver au plus haut point le démon.

Malgré les coups qu'elle distribuait autour d'elle, Séléna avait suivi l'échange entre la sorcière et le démon. Décidément Mama Oulimata la surprenait : elle semblait dotée de grands pouvoirs et pouvait se moquer ostensiblement d'un démon.

Zénon semblait la craindre et Ircevan lui-même avait souligné son intelligence en reconnaissant son implication dans le dysfonctionnement de la pyramide de Korsandre.

Séléna ressentit une vive douleur à la hauteur de son épaule. Elle reprit ses esprits, détacha son regard de Mama Oulimata et le porta sur son épaule : elle avait été blessée par une lame et une franche coupure profonde saignait abondamment. Elle grogna. Sa veste était fichue ! La lame lui avait entaillé la peau et avait aussi découpé le cuir comme du vulgaire papier.

Un rire gras retentit.

— Ainsi c'est donc toi, la fameuse tueuse qui hante les bas-fonds ? la provoqua le Kapshak qui venait de la blesser.

Il brandit sous le nez de la jeune femme la lame qui portait encore le sang de sa victime.

Un coup de pied. Un seul. La mâchoire du Kapshak se brisa net ainsi que ses cervicales sous la pression du coup de pied sauté de Lucie. Transfigurée par la colère, la jolie brunette avait un regard terrifiant.

Dans le feu de l'action, son chemisier en dentelle avait été tailladé. La douce courbe de ses seins était apparente, ainsi que les collecteurs d'âme qui y reposaient, retenus par une longue chaîne en argent.

Zénon rugit. Il venait de reconnaître l'une des armes de Mama Oulimata. Les collecteurs d'âmes n'étaient pas inconnus du démon. Il savait qu'il devait se les approprier s'il voulait récupérer les âmes volées pour les introduire par la suite dans la pyramide de Korsandre afin de lui insuffler l'essence du Mal.

Le démon se rua sur Lucie, la main tendue vers les collecteurs d'âmes aux couleurs changeantes que portait toujours la jeune femme. Le voyant courir vers elle, Lucie fit l'erreur de le provoquer et de l'attaquer de front.

D'une violente poussée, Zénon fit tomber Lucie. Dans sa hâte, il marcha sur elle et écrasa les deux petites fioles de son pied griffu. Il broya aussi plusieurs côtes à la jeune femme.

Les âmes torturées furent libérées, et ainsi que l'avait

prédit Mama Oulimata, elles se ruèrent vers Lucie pour investir son esprit. Le corps de la jeune femme se tordit dans tous les sens comme s'il voulait échapper à l'assaut des âmes qui pénétrèrent en lui dès leur libération, cherchant à être celle qui tuerait l'esprit de Lucie pour s'emparer de son corps.

Le beau visage de la brunette n'était plus que souffrance, peur, colère et désespoir. Avant que son âme ne fût étouffée par un esprit égaré, elle hurla :

— Séléna ! Tue-moi !

Alors, la femme qui l'aimait plus que tout sur cette terre ramassa l'arme à feu d'un Kapshak défunt, pointa le canon sur le front de son aimée et appuya sur la gâchette.

Une balle. Une seule. Entre les deux yeux.

Lucie n'était pas encore tombée à terre que Séléna était déjà sur Zénon. Une folie furieuse s'était emparée d'elle. De sa lame effilée, elle découpa le démon en une multitude de morceaux dont beaucoup ne furent jamais retrouvés.

Zénon fut vaincu par l'amour. Le sacrifice de Lucie donna la force nécessaire à Séléna pour éradiquer le démon de leur dimension.

— Tu as tué mon disciple, rouquine, rugit Ircevan en apparaissant dans la ruelle.

Il n'était que fumée. Ses pouvoirs maléfiques pour aussi grands qu'ils soient ne lui permettaient pas de se matérialiser dans un corps physique. Un ordre en langage inconnu fut lancé par Mama Oulimata. L'émanation du démon explosa et disparut.

Séléna le chercha du regard.

— Je l'ai renvoyé dans les limbes de l'oubli, lui dit Mama Oulimata en posant doucement une main fine sur l'épaule de la jeune femme.

Alors Séléna s'effondra. Tout son corps fut secoué par les pleurs. Sa peine était si profonde qu'elle crut qu'elle allait en mourir. De grosses larmes roulèrent sur ses joues. La sorcière la prit dans ses bras et la berça doucement tant que les sanglots de la jeune femme ne s'apaisèrent pas.

Autour d'elles, les combats faisaient toujours rage entre les Hipshaks, les Kapshaks et les Dragons Noirs.

— Laisse Kadrik faire le ménage, dit Mama Oulimata à Séléna en la forçant calmement à quitter les lieux du carnage.

D'un geste autoritaire, elle fit emporter le corps de Lucie.

— Elle a combattu avec courage, dit encore la sorcière. Grâce à elle, Ircevan ne reviendra pas dans ce monde. Mais je vais avoir besoin de toi, Séléna…

Sortant de sa torpeur, la jeune femme dévisagea la sorcière avec un regard interrogatif.

— La lutte pour maintenir Ircevan en captivité dans les limbes de l'oubli ne fait que commencer. Zénon n'est que le premier démon qu'il a asservi. Il y en aura d'autres. Le Maître de l'Obscur ne renoncera pas à retrouver sa forme physique dans cette dimension. Tu devras veiller sur tes semblables, Séléna. Tu seras mes yeux et je serai ton cœur. Tous te respecteront dans le Monde de l'Obscur car tu deviens, à compter de ce jour, celle qui a vaincu Ircevan. Tu es notre muraille. Si tu veux que ton monde survive, que Lucie ne soit pas morte en vain… il faut maintenir Ircevan dans les limbes de l'oubli.

✳ ✳ ✳

Depuis ce jour funeste, Séléna la tueuse de démon devint la protectrice des Mondes de l'Obscur. Mama Oulimata régnait en maîtresse absolue sur les bas-fonds de la ville et sur les autres dimensions.

L'aube pointait à peine quand Séléna rentra chez elle. Elle n'arrivait pas à se dire que tout ce qui s'était passé ces dernières heures était bien réel. Elle avait tué Lucie.

Elle s'effondra en pleurs sur son grand lit et s'endormit comme une masse.

Demain était un autre jour. Elle reprendrait son apparence d'employée de bureau sans histoire. Le jour elle était une humaine avec une vie style métro-boulot-dodo et le soir venant, elle prenait sa panoplie de super-héros et veillait sur ses congénères.

Chaque nuit, elle restait à l'affût de la moindre résurgence des pouvoirs d'Ircevan.

Sa vie ne changeait pas. Elle ne tuait plus pour le compte d'un démon mais pour maintenir celui-ci dans son espace carcéral magique.

Elle restait une tueuse.
Combien de temps allait-elle tenir ainsi ?
Devrait-t-elle encore tuer pour maintenir les choses telles qu'elles étaient ?

L'avenir était si incertain. Il reposait sur ses seules épaules. Mais comment garder le goût de vivre sans Lucie ?

CHAPITRE 12

— *Tu m'as rendu un fier service !* grinça une voix dans la tête de Séléna qui s'éveilla en sursaut.

Hagarde, elle se redressa dans son lit. Ses draps étaient froissés et trempés de sueur, témoignage des cauchemars qui la hantaient.

Lucie était-elle vraiment morte ? Ou était-ce seulement un mauvais rêve ?

— *Il y a la mort et la non-mort,* dit encore la voix par télépathie.

Mais qui lui parlait ainsi ? Zénon n'était plus…

Séléna fronça les sourcils.

— *Non !* grommela la voix qui avait l'air de lire dans ses pensées, *ne va pas voir Mama Oulimata. Elle ne pourra pas m'ôter de ton esprit. N'as-tu point deviné qui je suis ?*

— *Ircevan !* songea avec effroi la jeune femme.

— *Eh oui, rouquine, c'est moi ! Et à compter de ce jour, je te choisis pour être mon nouveau disciple.*

Séléna secoua la tête et ferma ses pensées au démon comme le lui avait enseigné Mama Oulimata.

— Certainement pas ! hurla-t-elle à pleine voix en oubliant qu'Ircevan se trouvait dans un monde parallèle et que seule la télépathie lui permettait de l'entendre de sa prison magique.

— *Certainement pas !* réitéra-t-elle mentalement afin de lui donner sa réponse.

— *On parie ?* lui susurra-t-il en perçant ses barrières psychiques.

— *Jamais je ne serai ton esclave !* lui répondit-elle par le même processus.

— *Il ne faut jamais dire jamais ma toute belle !* ricana l'ancien Maître de l'Obscur.

La douche froide sous laquelle s'engouffra Séléna rompit le contact mental avec le démon.

— *Écoute-le !* dit une voix que Séléna reconnut entre mille.

Lucie ?

Sous le choc d'avoir entendu la voix de son amie défunte, Séléna laissa tomber ses barrières mentales et Ircevan s'engouffra dans son esprit avec la rapidité d'une ombre.

— *Je peux te redonner Lucie,* lui promit-il, *mais seulement contre un petit service.*

— *Évidemment,* grogna la jeune femme en soupirant, *que veux-tu ?*

— *Que tu prennes la place de Zénon pour construire la pyramide de Korsandre pour m'aider à revenir.*

— *Je ne suis pas magicienne, sorcière ou un truc de ce genre,* répliqua télépathiquement Séléna sur un ton acerbe, *je ne connais point la magie ni les incantations.*

— *Je te guiderai,* la rassura le démon d'une voix qu'il voulait apaisante mais qui grinçait comme un vieux portail.

Séléna réfléchit rapidement à la situation.

— *Jamais !* laissa-t-elle tomber.

— *Alors ton amie Lucie, celle que tu as abattue de sang-froid, ne connaîtra jamais le repos éternel. Elle est dans les limbes, auprès de moi… J'en fais mon esclave ou je te la rends ?* insista encore Ircevan avec une pointe de sadisme. *Tu as peu de temps pour choisir. Je ne suis pas d'un naturel patient.*

Méfiante, Séléna répliqua :

— *Comment cela tu me la rends ? Elle est morte !*

La voix d'Ircevan se fit mielleuse dans l'esprit de la jeune femme.

— *Rien ne meurt vraiment si je décide de le faire revenir à la vie…*

Comme pour souligner ses dires, l'image de Lucie apparut devant Séléna qui resta bouche bée.

— *Touche-la,* lui dit-il encore, *pour t'assurer qu'elle est bien réelle. Vois-tu je me sens d'humeur magnani-*

me. *Je te donne Lucie et tant que tu me serviras loyalement, elle restera à tes côtés. Si tu me trahis, je te la reprends.*

Des larmes roulaient sur les joues de Séléna quand Lucie se blottit dans ses bras. Qu'était devenue son amie ? Une non-morte ? Une morte-vivante ? Une ressuscitée ?

— Ne te pose pas tant de questions, lui dit Lucie qui semblait lire dans ses pensées. Je suis là. C'est tout ce qui importe.

Elle prit la main de Séléna et la posa sur sa poitrine.

— Écoute battre mon cœur. Tu sens ses battements ?

Séléna sourit. Lucie essuya ses pleurs. Quel avenir s'offrait à elles ? Comment le dire à Mama Oulimata ?

Séléna sursauta. Il fallait qu'elle garde ses pensées pour elle…

— Ne t'inquiète pas, la rassura Lucie. Ircevan est parti et ne peut entendre tes pensées. Mais garde-toi bien de lui dire que tu veux mettre Mama Oulimata au courant !

— *Je le suis déjà !* dit la voix de la sorcière dans la tête des deux amies.

Séléna sourit et expliqua à Lucie :

— Mama Oulimata était persuadée qu'Ircevan voudrait me recruter. J'ai tué son disciple. Pour lui, je suis la seule qui pourra le sortir de ses enfers. J'ai seulement été déstabilisée par ton retour. Je ne pensais pas qu'il avait le pouvoir de te redonner la vie.

— J'ai juste eu l'impression de perdre connaissance durant la bataille dans les bas-fonds et de me réveiller ici, la rassura Lucie.

— *Alors… c'est oui ?* dit Ircevan qui revenait à la charge.

— *Tu es toujours là, démon ?* le provoqua Séléna. *Je te croyais reparti dans ta prison lointaine !*

— *Déconnecté plutôt,* souligna Ircevan. *Va savoir pourquoi mes pensées se heurtent à un mur de temps à autre.*

Séléna vit le visage souriant de Mama Oulimata s'imposer à son esprit. Ainsi la sorcière avait trouvé le moyen de verrouiller les transmissions des limbes vers le monde d'en haut à certains moments de la journée afin d'agir à loisir sans qu'Ircevan s'en rende compte.

— *Ta première mission sera simple, Séléna,* dit encore le démon, supputant que la jeune femme acceptait de travailler pour lui, *tu dois récupérer les parchemins de Mallon, ceux qui décrivent le dôme des offrandes ou la pyramide de Korsandre ainsi que l'incantation magique à prononcer pour mon retour.*

— *Qui est Mallon ?* ne put s'empêcher de demander Séléna.

— *Celui qui a précédé Zénon,* répondit seulement le Maître de l'Obscur qui n'avait pas l'air de vouloir s'attarder sur ces informations.

Cette mission ne posait aucun problème à la jeune femme. Pour le moment, elle jouait le jeu du démon. Elle attendrait les instructions de Mama Oulimata. La seule et unique mission que la jeune femme acceptait de réaliser était la destruction d'Ircevan. Si pour cela, elle devait lui faire croire qu'elle se mettait à son service... alors soit !

Selon la sorcière, il était écrit qu'elle seule avait le pouvoir de ramener Ircevan dans le monde réel afin de l'éradiquer, pouvoir que ne possédait personne d'autre qu'elle-même, celle qui avait été à l'origine de son enfermement dans ce monde parallèle. Les lois des mondes magiques étaient quelques fois inexplicables. Elles étaient ainsi... et c'était tout.

CHAPITRE 13

Séléna souleva du bout de la lame de son couteau une pelure râpée qui traînait par terre. Elle fit une grimace de dégoût quand l'odeur de l'objet parvint à ses narines. Elle grogna de dépit quand elle vit que rien ne se trouvait sous la peau puante.

— Mais où a-t-il planqué ce parchemin ? grinça-t-elle.

Faisant un effort de concentration, elle chercha à visualiser une cachette secrète où l'ex-disciple d'Ircevan aurait pu dissimuler les instructions pour construire la pyramide de Korsandre.

— Et l'autre naze qui ne sait pas où son idiot d'esclave a pu planquer ce truc ! ragea-t-elle encore. Obligée de fouiller les détritus de ce démon… c'est écœurant !

— Calme-toi, ma douce, dit Lucie en se matérialisant devant elle.

La jeune femme sursauta. Elle ne s'habituait pas aux apparitions de son amie. Son esprit n'arrivait pas à accepter que la brunette soit revenue d'entre les morts.

Son esprit… et son cœur aussi.

Séléna secoua la tête. Elle inspira une grande goulée d'air vicié. La planque de Zénon se situait au fin fond des ruelles obscures qui grouillaient sous la cité. Elle avait mis du temps à la trouver malgré les indications d'Ircevan.

Elle avait descendu des centaines de marches et s'était enfoncée très loin dans les entrailles de la terre avant d'arriver dans une tanière creusée à même la roche, le sol jonché de peaux animales et de détritus en tout genre.

Séléna avait eu un haut-le-cœur quand l'odeur de putréfaction qui régnait dans la pièce avait heurté son nez. Visiblement il n'y avait pas que des peaux ici.

— La pyramide de Korsandre, maugréa la jeune femme. Cet imbécile de Zénon a dû tenter de la construire ici.

Elle avait raison. Dans un coin de la tanière du démon, des corps étaient disposés dans des postures grotesques simulant une pyramide, mais les chairs putréfiées interdisaient toute identification.

— C'est dégoûtant ! s'exclama la rouquine en s'approchant du tas d'êtres humains en décomposition.

Son regard fut intrigué par une lumière blanche qui luisait dans une sorte d'étagère creusée à même la roche. Un rouleau de parchemin y était posé.

La jeune femme s'empara du précieux vélin et l'ouvrit avec précaution. Elle sourit. C'était les instructions pour la pyramide de Korsandre, le fameux parchemin de Mallon. Les phrases étaient compréhensives des humains et tracées avec du sang, ainsi que le schéma qui illustrait les mots :

Des corps encore chauds mais non mutilés

Des âmes perdues et jamais apaisées
Positionnés telle une pyramide de Korsandre
Pour qu'Ircevan renaisse de ses cendres.

— Bien ! Tu l'as trouvé ! résonna la voix d'Ircevan sans sa tête. Qu'attends-tu pour te mettre au boulot ?

Une sorte de grésillement vint interférer sur les derniers mots du démon et une autre voix prit sa place.

— Viens à moi, dit seulement Mama Oulimata.

La sorcière avait osé couper le contact entre Ircevan et ce monde pour intervenir auprès de Séléna.
Elle avait certainement de nouvelles instructions à lui donner.

Au pas de course, la féline rouquine quitta la tanière de Zénon pour rejoindre les ruelles suintantes de sang qui menaient au repaire de la sorcière.

Elle trouva la jolie Peule assise dans le grand fauteuil d'osier qu'elle affectionnait et qui occupait la majeure partie de sa masure.

— Bonjour Mama ! dit seulement Séléna en passant le seuil de la cabane.

— Oui c'est un bon jour, ironisa la sorcière avec un sourire. Tu vas me faire revenir Ircevan des limbes où je l'ai jeté et nous allons enfin pouvoir le détruire.

— Lucie… commença la jeune femme.

— Ce n'est pas Lucie, l'interrompit Mama Oulimata, mais un ersatz de tes pensées que le démon manipule. Il n'a pas le pouvoir de rendre la vie… moi non plus, d'ailleurs, ajouta-t-elle en surprenant le regard interrogatif de sa visiteuse. Lucie est morte ! Et aussi douloureux que ce soit, il faut l'accepter. Ainsi, sa vie n'aura pas été sacrifiée en vain.

Séléna hocha la tête. Elle savait que Mama Oulimata avait raison mais c'était si bon de revoir sourire Lucie. Même si ce n'était qu'une illusion.

— Si cela peut t'aider à faire ton deuil, dit encore la sorcière, je peux te créer une illusion de Lucie mais je ne pense pas que de la côtoyer ainsi t'aidera à passer à autre chose.

— J'ai le parchemin de Mallon, dit Séléna en changeant abruptement de sujet.

— Donne-le-moi ! ordonna la sorcière en tendant la main vers le vélin.

Une fois en sa possession, la jolie Peule déroula le parchemin avec précaution. Elle lut les instructions et regarda le schéma.

Elle ricana.

— Rien de plus simple… évidemment, le collecteur d'âmes était le frein à la réalisation de ce projet. Cette fois, Séléna, il va te falloir tuer un grand nombre de personnes sans recueillir leur âme. Il faut qu'on monte rapidement cet échafaudage de corps humains pour faire la cérémonie de retour du démon.

— Tuer, oui, acquiesça la jeune femme, mais en retrouvant mon cœur j'ai perdu mes pouvoirs qui me permettaient de tuer sans me faire écorcher.

Mama Oulimata vint se planter devant elle. De sa main noire aux longs doigts effilés et aux ongles peints, elle effleura la peau blanche et presque translucide de Séléna.

— Tu as d'autres pouvoirs maintenant, dit-elle seulement.

Séléna fronça les sourcils. Elle ne se sentait pas différente. Mais en même temps, il lui semblait avoir un lourd passé guerrier derrière elle.

Sensation étrange.

Par une brève incantation magique, Mama Oulimata fit apparaître une épée magnifiquement forgée à la lame étincelante et gravée de signes inconnus de Séléna.

— Voici Destin, l'épée de celle qui t'envoie ses souvenirs. Avec cette arme, tu seras invincible. Prononce son nom et elle apparaîtra dans ta main, dis-le une deuxième fois et elle se rangera dans une dimension parallèle.

La sorcière posa la lame dans la paume ouverte de Séléna qui la soupesa avec circonspection. L'arme était si légère ! C'était... magique !

— Va... dit seulement Mama Oulimata en montrant la porte à Séléna. Le temps nous est compté. Ircevan est de plus en plus instable et difficile à maintenir dans les limbes de l'oubli.

J'ai peur qu'il finisse par arriver à s'échapper sans avoir besoin de ton aide.

Séléna acquiesça en silence.

Cette nuit, elle allait recommencer à tuer.

CHAPITRE 14

Il y avait foule ce soir sur l'esplanade du château, nom donné par les habitués à la plus célèbre des boîtes de nuit des bas-fonds de la cité. Toute la racaille semblait s'être donné rendez-vous devant le grand bâtiment de pierres couleur rouge sang. Comme dans tous les recoins du Monde de l'Obscur, les murs du night-club suintaient du sang chaud et épais qui dégoulinait sur le sol spongieux des ruelles.

Au premier coup d'œil, Séléna reconnut quelques truands : certains avaient échappé de peu à son goût de tuer en courant plus vite qu'elle lorsqu'ils s'enfuyaient devant la menace de son arme.

Mais ce soir, elle fit le serment qu'elle tuerait pour la dernière fois. Il fallait alors qu'elle tue les cent vingt personnes requises pour réaliser la pyramide de Korsandre.

Séléna déglutit. Le goût métallique du sang avait envahi sa bouche. Elle prononça le nom de son épée et Destin apparut dans sa main. Le manche de la longue lame était fait pour elle. La jeune femme fit tournoyer son arme devant elle et bondit dans la foule en hurlant.

Elle ne fit aucun choix. Elle tuait au hasard. Elle pouvait massacrer les truands autant qu'elle le voulait car, n'en déplaise à Ircevan, son démon de disciple s'était fourvoyé en pensant que des corps abîmés empêchaient la magie de Korsandre de se réaliser. Seul le collecteur d'âmes était un frein à la réalisation du projet funeste de faire revenir Ircevan en ce bas monde. Et ce soir-là, Séléna avait rendu la petite fiole à Mama Oulimata.

✳ ✳ ✳

Destin était rouge du sang des cadavres que Séléna semait derrière elle depuis un quart d'heure. Tétanisés par l'assaut brutal de la jeune femme, les truands avaient mis quelques minutes à se défendre. Ils étaient à présent une cinquantaine à l'entourer avec des gestes menaçants, qui un couteau à la main, qui une barre à mine prête à fendre un crâne en deux…

Mama Oulimata avait prédit que la tuerie tournerait au carnage et à l'affrontement de David contre Goliath. Kadrik et les Dragons Noirs arrivaient en renfort.

Chaque ruelle vomissait des membres du gang protecteur de la sorcière. Kadrik et ses frères entouraient à présent ceux qui osaient se rebeller contre la tueuse. Tous étaient armés de lames tranchantes. Dans un hurlement, les Dragons Noirs se jetèrent dans l'arène.

Le combat fut de courte durée.

Du bout de sa botte de cuir noir souillée de sang, Séléna secoua un cadavre pour s'assurer que celui-ci ne bougeait plus. Mine de rien, elle comptait les morts. Soixante-huit. Ce n'était pas assez ! Il lui en fallait cent vingt pour la pyramide de Korsandre.

Les minutes étaient comptées… la jeune femme cherchait une solution. Où trouver autant de victimes ? Elle surprit Kadrik qui la dévisageait. Il lui fit un clin d'œil complice.

— Le club de jazz doit être plein à craquer, laissa-t-il tomber. Le Maire y fête la victoire de sa réélection. Les ordres de Mama sont de tuer tous les occupants du club sauf le musicien qui est sous ta protection. Mais il faut que tu le fasses partir avant notre arrivée ! Va ! Dépêche-toi ! Mes gars et moi, nous viendrons dès que nous aurons terminé le transport de ces corps en lieu sûr pour la cérémonie de Korsandre.

✳✳✳

Sans réfléchir, Séléna fonça vers le club de jazz. Elle devait sauver Benjamin. Sa course à travers les ruelles de l'Obscur et sa remontée vers la cité la laissèrent en sueur.

Ses longs cheveux étaient poisseux de sang et de longues mèches étaient collées à son visage. Des traces de sang maculaient ses vêtements.

Elle faisait peur à voir mais Séléna n'en avait cure. Elle n'avait qu'un seul but : protéger Benjamin.

Elle trouva le jeune saxophoniste dans sa loge. Il se préparait à monter sur scène. Il avait l'air nerveux. Quand la jeune femme ouvrit la porte, il eut un hoquet de surprise.

— Séléna ! souffla-t-il, mais… comment es-tu entrée ?

La tueuse soupira. Il est vrai qu'elle avait dû forcer la main au videur qui se tenait près des coulisses. Elle s'était retenue de le tuer. Mais il aurait un sacré mal de crâne à son réveil. Elle fit un geste de la main pour indiquer au musicien que ses péripéties pour arriver jusqu'à lui n'étaient que bagatelle mais Benjamin ne l'entendait pas de cette oreille.

— Comment es-tu arrivée jusqu'ici ? insista-t-il, mon équipe a pour consigne de ne laisser entrer personne.

Séléna sourit.

— Ne pose aucune question, le coupa-t-elle sur un ton qui n'admettait aucun refus, et viens avec moi. Pour ta sécurité, tais-toi et suis-moi !

— Non ! répondit-il en lui tenant tête. Et ce soir, je joue pour des huiles, il n'est pas question que je me défile...

Séléna fronça les sourcils. Elle n'avait pas prévu qu'il lui oppose un refus catégorique.

— Je suis désolée, dit-elle seulement avant de lui décrocher une droite bien dosée sur le menton que Benjamin esquiva mais le crochet gauche de la tueuse assomma le jeune homme qui s'effondra dans la loge.

Ouvrant la porte qui donnait sur un couloir, Séléna siffla trois fois. Kadrik apparut sur le seuil de la porte quelques secondes après l'appel.

— Aide-moi, dit seulement la jeune femme en lui désignant le corps inerte du jeune musicien.

Kadrik souleva le jeune inconscient comme s'il était aussi léger qu'une plume et le cala sur son épaule droite.

Avisant le visage du saxophoniste qui commençait à bleuir, le chef des Dragons Noirs ajouta :

— Eh bien, quand tu aimes, toi, ce n'est pas à moitié !

Séléna haussa les épaules.

— Cet idiot a essayé d'éviter les coups, j'ai dû m'y reprendre à plusieurs fois.

— Sortons vite de cet endroit, dit seulement Kadrik. J'ai balancé des trucs nauséabonds en entrant dans la boîte. Ça ne m'étonnerait pas qu'ils aient commencé à évacuer.

✳✳✳

Une foule huppée était regroupée non loin de l'entrée. Habillés en costumes d'apparat, les hauts dignitaires avaient un visage outré.

Quand Séléna avait émis un doute sur le fait de tuer les huiles du club de jazz, Kadrik lui avait seulement répondu que le parchemin de Mallon ne donnait comme consigne de ne prendre que des âmes perdues... les politiciens avaient tous vendu leurs âmes pour gagner leur place dans la société... ils ne valaient donc pas mieux que les truands qui tuaient pour piquer quelques sous

Laissant Kadrik mettre Benjamin en sécurité dans une des ruelles adjacentes, elle appela son épée. Destin en main, elle bondit comme une tigresse sur les pingouins et leurs gardes du corps. Il y eut peu de résistance malgré les forces armées qui entouraient le Maire.

Les truands avaient été plus difficiles à éliminer, se dit Séléna en achevant une de ses victimes du tranchant de sa lame.

— Hé ! Tu aurais pu en laisser aux copains ! grinça Kadrik qui arrivait avec sa bande de truands sur les lieux de la boucherie.

— Désolée, plaisanta Séléna, dont les cheveux roux étaient rouges de sang, mais ils se jetaient tous sur moi pour me désarmer. Il a fallu que j'improvise !

— Soixante-dix cadavres, dénombra Kadrik. Pas mal, ma grande ! Tu m'épates ! On en a assez pour la suite des opérations. Je m'occupe du transport de la barbaque chez Mama Oulimata. Rendez-vous en bas, frangine !

— Et Benjamin ? s'enquit Séléna en posant sa main sur l'avant-bras tatoué du chef des Dragons Noirs.

— Avec la pâtée que tu lui as mise, il ne reviendra à lui que dans une bonne demi-heure. Pas avant, la rassura Kadrik. D'ici là, on aura fait le ménage et il ne comprendra pas ce qui se sera passé vu qu'il va se réveiller dans une ruelle déserte…

CHAPITRE 15

Mama Oulimata était pensive. Le visage penché sur un vélin racorni, la jolie Peule fronçait les sourcils. Elle relisait le parchemin de Mallon. Elle avait la matière requise pour exécuter le rituel démoniaque dès ce soir. La centaine de cadavres étaient disposés selon le schéma qui figurait sur le vélin qu'elle tenait entre ses mains. Quelque chose clochait... mais quoi ?

Soudain un rugissement caverneux sortit de la gorge de la jolie Peule. Déformé par la rage, son visage exprimait une noire colère, violente ire qu'il valait mieux éviter.

Mama Oulimata venait de comprendre qu'il manquait un morceau au parchemin de Mallon. La déchirure était à peine visible mais elle portait la trace démoniaque de Zénon. Cet idiot de disciple avait dû obéir à un ordre d'Ircevan. Pourquoi L'ancien Maître des Mondes de l'Obscur aurait-t-il souillé la formule qui devait le faire revenir parmi les mortels ?

— Une précaution car les mots manquants ont le pouvoir de l'éradiquer, dit une voix que Séléna aurait reconnue entre mille.

Mama Oulimata trépignait de rage. D'habitude si calme, elle était méconnaissable tant la fureur déformait ses jolis traits.

-— Rhaaaaaaa, hurla-t-elle. Il faut retrouver le morceau manquant sinon le rituel risque d'échouer !

-— Vos désirs sont des ordres, Madame, fit Lucie en se matérialisant devant la sorcière et en lui tendant le vélin disparu. Cet idiot d'Ircevan croit me tenir entre ses pattes griffues depuis qu'il m'a fait revenir d'entre les morts. Mais je ne fais que l'espionner pour trouver le moyen de lui échapper car je ne veux que la paix du repos éternel. Être une non-morte ou une non-vivante me laisse un goût amer.

Se saisissant du vélin où apparaissaient de minces lignes composées de signes cabalistiques démoniaques, Mama Oulimata les déchiffra avidement et éclata d'un rire tonitruant.

— Te donner le repos à présent je le puis, Lucie, dit la sorcière, mais je ne peux agir seule. J'ai besoin de ton aide Séléna. Sachez seulement qu'une fois le rituel accompli, aucun retour n'est possible.

D'un bond, les deux jeunes femmes s'approchèrent de la jolie Peule et l'accablèrent de questions auxquelles la sorcière répondit sans s'énerver, ni sans leur cacher quoi que ce soit.

D'un regard complice, elle les invita à écouter ses explications.

✳✳✳

— Rehausse celui-là sur la droite et redresse celui d'à côté, indiquait la sorcière à Séléna qui l'aidait à disposer les cadavres pour réaliser la pyramide de Korsandre.

Pour un non-initié, l'entassement des corps ensanglantés dans la grotte était la copie conforme du schéma dessiné sur le parchemin de Mallon, mais l'œil averti de la sorcière repérait le moindre défaut.

— Ne touche plus à rien ! dit soudain Mama Oulimata à Séléna. C'est parfait ! Allume les bougies et dispose-les autour de la pyramide de Korsandre. Pendant que tu feras cela, je dessinerai les signes du rituel sur le sol. Fais attention à ne point les fouler.

✳ ✳ ✳

À la seule lueur des bougies, la pyramide de Korsandre jetait son ombre morbide sur les parois de la grotte. L'air était lourd des remugles nauséabonds qui provenaient des corps mutilés.

Au fond de la caverne, Mama Oulimata était en transes. Les yeux révulsés, elle avait entamé une mélopée qui semblait venir du plus profond des âges.

Les Dragons Noirs, assis en arc de cercle autour de la sorcière, suivaient le rituel avec attention. Couverts de signes démoniaques qui avaient été peints sur leurs visages et leurs bras, l'un d'eux s'était emparer d'un chaudron et l'avait retourné pour tambouriner dessus, donnant un rythme encore plus sauvage à la litanie de la sorcière. Des hurlements retentirent dans la caverne.

Kadrik et ses frères répondaient aux incantations de Mama Oulimata par de brèves onomatopées criardes. Séléna se surprit à penser que le temps avait cessé d'exister, comme si le rituel l'avait suspendu.

Un rugissement retentit dans la caverne. L'âme d'Ircevan se rapprochait. Séléna soupira. C'était à son tour d'intervenir. Si elle voulait libérer Lucie du joug du démon, il fallait qu'elle suive le plan de la sorcière au pied de la lettre.

Elle vint s'agenouiller devant Mama Oulimata. Celle-ci lui saisit les cheveux qu'elle coupa mèche après mèche avec une longue lame effilée. Ses cheveux disparurent sans avoir touché le sol. Prenant un pot rempli d'une substance noirâtre, la jolie Peule y trempa un doigt et dessina du bout de ce dernier des signes cabalistiques sur le visage de Séléna.

Sans cesser sa mélopée au rythme endiablé, elle enduisit ensuite les cheveux courts de sa victime de graisse verdâtre. Le tout avait une odeur âcre qui surpassait celle des cadavres en décomposition. Séléna eut un haut-le-cœur et se concentra sur sa volonté de libérer Lucie pour ne pas vomir.

Le Dragon Noir qui tambourinait sur son instrument de fortune redoubla d'effort et une véritable cacophonie emplit la caverne. Les sons du tam-tam trouvaient leur écho et se répercutaient à l'infini.

C'est alors qu'apparut celui qui était rappelé en ce bas monde. Ircevan se matérialisa en lieu et place de la pyramide de Korsandre.

Son énorme corps difforme aux muscles informes et flasques se tenait fièrement campé au milieu de l'antre de son ancien disciple. Ses longs pieds étaient comme soudés au sol par leurs grosses griffes acérées. Le crâne bosselé d'Ircevan était aussi contrefait que sa mâchoire carrée, presque rectangulaire. Ses bras retombaient de chaque côté de son corps comme deux poupées de chiffons, inutiles.

Son séjour dans les limbes de l'oubli l'avait ramolli. Seuls ses yeux de flamme exprimaient toute la force démoniaque et le Mal qui était en lui. Il grimaçait de satisfaction. Enfin, il était de retour et allait régner à nouveau sur les simples mortels...

Mais le bonheur du démon fut de courte durée. Il se désintégra en des milliers de particules sous l'impulsion de la formule magique que lisait Mama Oulimata sur le morceau de vélin autrefois disparu. Les molécules qui composaient autrefois le Maitre des Mondes de l'Obscur foncèrent droit sur Séléna, toujours agenouillée à terre, s'offrant en sacrifice ultime pour que le rituel tourne à l'avantage de Mama Oulimata.

Les cris de rage d'Ircevan reflétaient sa fureur de se voir privé de son corps de démon et enfermé dans celui de la jeune femme. Il devait subodorer une entourloupe. Et il n'avait pas tort.

Séléna reçut les atomes démoniaques comme une claque. Le choc fut si intense qu'elle tomba à la renverse. Mais c'était sans compter tout l'amour qu'elle portait à sa compagne.

— Que s'accomplisse le rituel de destruction du démon, prononça-t-elle. Que Lucie soit ainsi libérée de sa funeste influence. Par ma mort, je purifie ce corps et détruit ton âme maléfique !

Elle lutta farouchement durant de longues minutes contre la volonté d'Ircevan qui tentait de s'imposer à la sienne en voulant l'empêcher de s'emparer de Destin.

Alors le nom de la lame prit toute sa signification : Séléna la dirigea droit sur elle et enfonça la lame dans son ventre. La magie de Mama Oulimata fit stopper son cœur et Séléna rendit l'âme en même temps que le démon.

Ircevan n'était plus.

ÉPILOGUE

Des mains qui se caressent, qui se cherchent, qui se trouvent…

Un doux baiser qui vient comme une promesse…

Ouvrant les yeux, Séléna vit Lucie penchée sur elle et lui sourit.

Dans l'immensité de l'univers, les deux jeunes femmes avaient choisi de vivre hors du temps.

La destruction d'Ircevan avait libéré Lucie et la mort de Séléna lui avait permis de rejoindre son amie dans ce plan parallèle.

L'ascension de leurs âmes avait été conjointe. Elles étaient ensemble pour l'éternité… peu importe où se trouvait cette éternité.

Vous me manquerez, leur parvint la voix de Mama Oulimata.

Séléna sourit encore à Lucie. Une nouvelle vie se dessinait pour elles. Un chemin que nul autre avant elles n'avait emprunté. Celui d'un ailleurs où peuvent vivre deux cœurs en harmonie.

Mais qui sait… peut-être cette réalité était-elle le monde réel et tout leur passé un simple rêve…

Prenant la main de Lucie, Séléna l'entraîna avec elle sur la route de leur destinée.

Bonus 1 :

À LA RECHERCHE DU WONDOLINGUEUR

Trois nuits...
Trois nuits qu'elle patientait, accroupie dans l'obscurité...
Trois nuit qu'elle se peinturlurait le visage de noir et qu'elle cachait ses longs cheveux d'or chaud sous un bonnet sombre afin de se dissimuler au cœur de l'obscurité.
Trois nuits qu'elle le traquait... l'insaisissable et mystérieux wondolingueur.

Animal ou humanoïde, nul ne le savait. La légende seule en donnait une pâle description : bipède, velu et à quatre membres, il rugirait comme un loup et se déplacerait furtivement comme un prédateur. Nul ne savait si son côté sauvage le portait à tuer et à aimer faire couler le sang.

Par précaution, la jeune boucanière avait pris avec elle les deux pétoires à laser de son père. Un long couteau côtoyait aussi sa ceinture. « Prudence est mère de sûreté » répétait toujours sa mère lorsque son père se faisait chasseur les soirs de pleine lune à la poursuite des chimères du monde de l'obscur.

Une crampe lui vrilla la cuisse gauche. Elle grimaça. Subrepticement elle changea de position. Le cuir noir de son pantalon était maculé de boue. Elle plissa son joli nez, qu'elle avait retroussé et couvert de taches de rousseur.

Trois nuits de planque sans se laver, elle commençait à puer le rat mort ! Fronçant ses jolis sourcils aussi roux que sa chevelure, elle se demanda si son odeur répugnante allait dévoiler sa présence à la bête qu'elle voulait attraper.

Mort ou vif disait l'annonce qu'elle avait arrachée dans un bar. Mais la curiosité de la jeune femme la poussait à vouloir la capturer vive pour en apprendre davantage sur cette mythique bestiole.

Elle sourit. Elle se voyait déjà en montreuse de wondolingueur dans toutes les fêtes de village qui fleurissaient sur la côte dès que les touristes l'envahissaient.

Mais pour le moment, la grosse bête faisait sa star. Trois jours à patienter et à espérer, ne serait-ce que pour l'apercevoir et ...rien.

Même pas l'ombre de sa silhouette.

Des pas étouffés dans les feuilles qui jonchaient le sol devant la grotte donnèrent la chair de poule à la traqueuse. Mais le gros rire gras qui fusa derrière son épaule lui fit comprendre qu'un autre chasseur venait de trouver sa planque et lui montrait avec machisme qu'elle ne pouvait continuer à guetter la bête derrière ces buissons.

De colère, elle se releva et se trouva nez à nez avec Goodbeck, le plus idiot (et hélas le plus beau...) de tous les aventuriers engagés dans cette folle aventure.

Planté sur ses magnifiques cuisses musclées moulées dans un cuir beige, bombant le torse mis en valeur par une chemise verte surmontée d'un gilet noir et ses larges épaules valorisées par un long manteau de peau tannée, Willy Goodbeck était l'archétype du beau gosse.

Un sourire charmeur, des yeux verts (à tomber par terre, selon les demoiselles) et une fossette au menton qui le rendait irrésistible. Il dévisageait Maël avec un regard moqueur qui fit bouillir le sang de la jeune femme qui lui décocha un fulgurant coup de poing dans la face, histoire qu'il cesse de se moquer d'elle.

Furibonde, elle n'y avait pas été de main morte. En quelques instants, Willy était à terre, et son pantalon clair était devenu sombre de boue.

Mauvais perdant, il se releva en sortant son pistolet au cuivre rutilant. Maël contempla sa pétoire avec pitié. Il croyait l'impressionner ! D'un coup bien ajusté du bout de sa botte, elle envoya valdinguer l'arme dans les airs et, se retournant avec la rapidité de l'éclair, elle envoya son autre pied dans le menton de son agresseur.

Groggy, celui-ci gisait dans la boue. La jeune femme vérifia qu'il respirait normalement et...

Un grognement retentit non loin d'elle. Maël déglutit anxieusement. Le wondolingueur... et si c'était le wondolingueur ?

Elle se retourna doucement, en faisant le moins de bruit possible et se retrouva face à une bête plus haute qu'elle de deux têtes, au pelage couleur d'automne et aux yeux gris-bleuté qui la fixaient avec curiosité. Mais les crocs acérés qui trônaient dans la gueule ouverte de l'animal ne disaient rien qui vaille à la jeune femme.

Bizarrement, Maël n'avait pas peur. Elle se contentait de fixer le monstre, l'esprit vide et sans la moindre volonté de le capturer.

Une balle ricocha sur le rocher qui se trouvait derrière elle. Un autre chasseur avait repéré la proie tant désirée. Intriguée, Maël lut la peur dans les yeux du wondolingueur.

À ce moment-là, il lui parut humain. Des pétarades et rugissements de moteurs se fit entendre dans le lointain. Les traqueurs préparaient l'hallali. La bête souleva la jeune femme de terre et l'emporta avec elle sans aucun effort apparent. Que pouvaient les cinquante kilos de Maël contre les deux cents de l'animal ?

La jeune femme eut une violente nausée et s'évanouit. Quand elle revint à elle, elle se trouvait dans une cabane faite de rondins de bois. Austère, la masure n'en était pas moins accueillante.

Seules les têtes empaillées de monstres, comme les lunagritufages, lui faisaient froid dans le dos. Un linge humide était posé sur son front qu'elle avait brûlant.

Où était-elle ?

La porte s'ouvrit avec fracas et un jeune homme entra d'un pas conquérant. Grand, brun, barbu aux yeux gris bleus, il lui sourit avec bienveillance. La jeune femme se rendit compte que ses armes n'étaient plus accrochées à ses hanches. Même son couteau s'était envolé.

— Vous ne craigniez rien ici, lui dit l'inconnu d'une voix grave au grain de velours. Vos pétoires vieillissantes et votre arme blanche sont dans le coffre au pied de ce lit. Vous les reprendrez à votre départ.

— Où suis-je, s'entendit-elle balbutier.

— Au cœur de mon royaume, lui répondit-il laconiquement.

Étrangement, Maël ne ressentait aucune peur. Elle se trouvait dans un endroit inconnu, sans aucune arme pour se défendre, face à un homme, certes accueillant mais inconnu d'elle.… et elle n'avait pas peur.

— Mon nom est Toz, lui apprit-il devant son regard interrogateur, Justin Toz. Je vis ici dans cette modeste demeure.

Un chasseur. Le jeune homme ne pouvait être qu'un chasseur quand on voyait le décorum de la masure où pétoires et trophées empaillés se disputaient les murs.

Maël jeta un coup d'œil par l'unique fenêtre et vit le moyen de transport qu'utilisait son ravisseur. Deux roues, un moteur puissant et un design très rudimentaire. Elle ne reconnaissait pas ce modèle de véhicule mais il ne devrait pas être difficile de le mettre en marche. Comme s'il lisait dans ses pensées, Justin lui montra une clé qu'il portait autour du cou. Le malin chasseur ne lui donnerait pas de plein gré sa bécane.

Elle le regarda droit dans les yeux. Étonnement il lui semblait familier.

— Laissez-moi partir, lui ordonna-t-elle avec morgue.

— Pour retourner chasser le wondolingueur ? lui demanda-t-il en souriant.

— Ça vous pose un problème ? grogna-t-elle. C'est à celui qui le ramènera mort ou vif qu'ira la récompense promise par le maire, vous éliminer vos rivaux en les capturant et en les empêchant de poursuivre leur proie afin que vous soyez le seul à pouvoir réclamer le butin ?

Il lui sourit. Un sourire triste, presque résigné.

— Vous vous méprenez, dit-il seulement d'une douce voix avant de franchir le seuil de l'unique porte de la maison en la laissant seule.

Un cliquetis se fit entendre. Il avait fermé la porte à clé. Un rugissement apprit à la jeune fille qu'il démarrait sa bécane et un simple coup d'œil à la fenêtre lui montra son kidnappeur s'éloignant dans le lointain en chevauchant son monstre d'acier qui crachait une fumée noire par le pot d'échappement.

Combien de temps dura son absence. Maël avait perdu la notion du temps. Elle ne le savait pas. Elle grignota quelques fruits qui trônaient sur une petite desserte dans un coin. Un pichet d'eau fraîche avait aussi été laissé à son attention. Elle but goulûment à même le broc.

Ce n'est qu'à la nuit tombée que Justin réapparut.

Il était blessé au niveau du thorax et saignait abondamment.

Comment avait-il réussi à rentrer, Maël se le demandait encore quand il s'effondra sur la couche qu'elle occupait encore quelques minutes auparavant.

La porte était ouverte, la moto tournait encore et son ravisseur ne pouvait pas l'empêcher de fuir.

Mais fuir pour aller où ?

Maël sortit de la cabane, contempla les environs et tourna la clé pour éteindre le moteur de l'engin qui ronronnait encore couché sur le côté. Elle rentra dans la petite bicoque, posa la clé sur la table, et entreprit de soigner les blessures de Justin.

Dans le coffre au pied du lit, là où étaient rangées ses armes, elle trouva de quoi faire des pansements. Elle lui banda la poitrine après avoir lavé ses plaies. Le jeune homme gémissait mais restait dans une douce inconscience.

Il ouvrit les yeux au petit matin et darda sur elle ses grands yeux gris bleus. À demi-endormie, Maël était assise à ses cotés sur le lit. Ses longs cheveux roux ondulaient librement jusqu'à ses reins. Au prix d'un terrible effort, Justin hissa sa main au niveau du visage de la jeune femme et toucha l'une de ses mèches qui bouclait le long de son visage. Maël sursauta et se réveilla. Justin lui sourit seulement avant de refermer les yeux.

Ils s'esquivèrent durant trois journées. Il s'éveillait quand elle dormait, elle s'occupait de lui quand il sombrait dans l'obscurité de la douleur.

Au matin du troisième jour, la jeune femme se réveilla allongée sur la couche dans la masure qui était vide. Le blessé avait disparu. Seuls trônaient les bandages souillés qu'il avait dû ôter avant de se rhabiller. Où était Justin ?

Elle ouvrit la porte de bois qui grinça. Assis sur les marches du perron, son ravisseur était là... mais sans être lui-même.

Il se tourna vers elle en entendant ses pas et la seule chose qu'elle reconnut fut son regard. Cette couleur si particulière oscillant entre le bleu foncé et le gris ne pouvait appartenir qu'à Justin et pourtant devant elle se redressait.... le wondolingueur !

Sur le torse velu de l'animal elle vit la blessure qu'elle avait soignée et qui commençait à cicatriser. La bête rugit mais ne s'approcha pas d'elle. Maël ne bougeait pas. Elle n'avait pas peur. Elle était intriguée. Elle avança une main mais au moment de toucher son pelage, le wondolingueur recula de trois pas en secouant sa grosse tête. Il poussa un cri plaintif et parti se réfugier dans les bois avoisinants.

Ébahie par ce qu'elle venait de découvrir, Maël ne savait que faire. Elle connaissait le secret du wondolingueur : mi-homme mi-bête, il survivait certainement depuis longtemps grâce à ces transformations.

— Nous sommes nombreux à le protéger, dit une voix derrière elle.

Se retournant brusquement, Maël se retrouva face à un groupe d'hommes et de femmes de tous âges.

— Nous sommes les Dolingowons, ou protecteurs du wondolingueur, dit encore l'homme à la barbe blanche qui l'avait interpellée, nous vivons ici, hors du temps dans ce village qui ne connaît pas la furie des hommes à l'égard des monstres.

— Où est parti Justin ? balbutia seulement la jeune femme.

— Il y a deux possibilités, lui répondit le vieil homme, il est reparti dans ta dimension mais ça j'en doute car nous l'accompagnons toujours ou il se terre dans les sous-bois attendant de redevenir lui-même.

D'un geste de la main, l'homme invita Maël à s'asseoir sur le perron où il se plaça à ses côtés.

— Pourquoi va-t-il dans ma dimension si c'est pour se faire traquer par les chasseurs en quête de sensation alors qu'il est en sécurité parmi vous dans son monde ?

— Notre dimension est vide, lui expliqua doctement le vieil homme qui lui dit aussi répondre au nom de Kolv. Ici ne pousse que des bois mais pas de plantes. On peut s'y réfugier mais on ne peut pas y subsister. Aucune culture ne peut voir le jour, aucune nourriture n'est à notre portée et aucun animal ne vit ici pour qu'on le chasse. Si nous passons entre les failles de l'espace-temps c'est juste pour récolter des denrées pour nous permettre de survivre ici dans ce havre de paix. Il y a de nombreuses années, alors que je n'étais qu'un petit garçon, ma maison a brûlé, tuant toute ma famille. Je fus sauvé par Justin qui m'emmena ici et m'éleva en m'apprenant sa différence. Jamais il ne me fit du mal. Il ramena aussi d'autres personnes issus de sauvetages ici et là. Ici le temps s'écoule très lentement. Tous les Dolingowons sont des personnes qui ont été sauvé par Justin. Aucun n'a voulu le quitter pour dévoiler son secret. Nous le protégeons depuis de tous ceux qui lui voudraient du mal à cause de sa différence.

Kolv la regarda intensément.

— Si vous souhaitez repartir, il ne vous retiendra pas. Il vous ramènera chez vous. Mais si vous souhaitez rester auprès de lui et le protéger, nous vous accueillerons avec bonheur au sein de notre peuple.

Maël réfléchit en quelques instants. Rien ne la retenait dans son monde. Ses parents étaient morts, elle n'avait pas d'amis et sa vie d'avant lui laissait un goût amer. Elle aurait pu tuer Justin alors qu'il sauve les humains.

— Je reste, décida-t-elle.

— Et j'en suis heureux, fit une voix qui lui fit chaud au cœur.

Derrière elle se tenait Justin, dans son apparence humaine. Il lui tendait la main et elle la prit en souriant.

D'où venait sa terrible transformation, Était-elle guérissable ? Maël en avait cure. Elle savait que désormais elle vivrait à ses côtés et le défendrait... pour le meilleur et surtout pour le pire.

Dans sa réalité ou ailleurs... qu'importe. Maël ne savait qu'une seule chose : elle voulait vivre auprès de Justin, qu'il soit ou non ce monstre de légende.

— Il faut qu'on y retourne, annonça le jeune homme à la cantonade ; Je n'ai pas pu rapporter grand-chose depuis quelques jours. La chasse est une nouvelle fois ouverte. Il vous faudra me protéger. Le plus coriace cette année est un certain Willy Goodbeck. Teigneux et sanguin, il flaire une proie dans le vent comme un chien.

— Je te protégerai de cet individu, assura Maël avec fermeté. Je l'ai assommé une fois, je peux recommencer.

Avec un sourire, Justin tendit ses armes à la jeune femme qui ceignit avec plaisir à sa taille menue la large ceinture de cuir brun où trônaient les deux lasertirs de son père et le couteau qu'il lui avait offert pour ses douze ans. Au regard circonspect de ses nouveaux amis sur ses armes, elle dégaina l'une d'elle et la montra à tous.

— Cette pétoire, pour vieille qu'elle soit, a été fabriquée par mon grand-père, un génie de la mécanique passionné par les armes à feu de l'ancien temps. Ces lasertirs m'ont sauvée plus d'une fois lors de mes embuscades nocturnes et la seule fois que mon père les a laissés à la maison, il en est mort.

Joignant le geste à la parole, la jeune femme tira sur un branchage lointain qui se désintégra en mille morceaux sous le jet de laser rouge qui provenait de l'arme.

Elle leur présenta l'autre pétoire qui avait, en sus, un barillet transparent où bougeait un liquide vert.

— Celui-ci a, en plus du laser, un jet d'acide. Utile contre les nuisibles comme les grosertrons qui vous bouffent en un rien de temps.

Un tonnerre d'applaudissement la surprit. Les Dolingowons lui souriaient et voulaient tous soupeser ses armes et avoir de plus amples explications. Posant sa grosse main calleuse sur l'épaule de Justin, Kolv ajouta :

— C'est une excellente recrue !

En quelques mots, le vieil homme lui expliqua la mission qui serait la sienne dès qu'ils franchiraient la faille vers le monde moderne. Protéger Justin quoi qui lui en coûte.

Ils partirent à cinq. Justin en tête, il était entouré de quatre protecteurs dont Maël qui prenait sa mission autant au sérieux que les autres. Les trois autres gardes du corps étaient armés de plusieurs armes blanches, de pistolets et même d'arc et de flèches. Tous de cuir noir vêtus, ils se fondaient dans la nuit.

Ils arrivèrent près de la faille. Entre deux troncs d'arbres se trouvait le passage vers l'autre réalité, le monde moderne. Justin passa le premier. Les quatre suivirent dans le même mouvement, ne laissant que cinq secondes entre chaque passage.

Ce fut comme traverser un mur d'eau. Instinctivement, Maël retint sa respiration.

Mais le trajet fut si court qu'elle finissait à peine d'inspirer qu'elle entendait la voix de Justin lui dire d'ouvrir aussi les yeux.

Ils eurent juste le temps de franchir tous le passage avant que Justin ne leur fasse signe que sa transformation allait commencer.

— Comment fait-il ? demanda Maël à Lancano, un homme d'une trentaine d'année au regard brun bienveillant.

L'homme secoua tristement sa chevelure brune qu'il avait mi longue.

— Il ne gère pas ses transformations. Il les sens arriver, c'est tout. Et elles le font beaucoup souffrir. En règle générale, il a juste le temps d'ôter ses vêtements pour ne point les déchirer car sa version animale est d'un gabarit deux fois plus gros que sa version humaine. Nous lui apportons des vêtements de rechange pour le cas où il redeviendrait homme plus rapidement que prévu. Ses transformations durent entre deux et trois heures, pas plus. Mais il peut quelques fois avoir besoin de rester dans le monde moderne, comme la fois où il est resté plus de quarante-huit heures caché pour échapper à des chasseurs qui l'empêchaient de retrouver le chemin de la faille.

— Vous n'étiez pas là pour le protéger ? s'enquit alors la jeune femme.

— C'est depuis cette journée d'angoisse où on ne le voyait pas revenir à la maison qu'on lui a imposé notre présence. Il est notre protecteur mais il n'est pas immortel. Nous devons veiller sur celui qui a sauvé nos vies.

Les cinq protecteurs portaient des sacs à dos gonflés de vêtements, de soins de première nécessité et de quelques victuailles.

— Pourquoi n'y allons-nous pas seuls, s'interrogea encore Maël. Si nous nous faufilions par la faille sans lui, il ne serait pas en danger....

— ... et nous ne pourrions pas voler des produits de première nécessité dans les magasins si ceux-ci n'étaient pas fermés pour cause de chasse aux monstres. Grâce à Justin qui occupe une bonne partie de la populace et qui terrorise l'autre partie, nous pouvons collecter ce dont nous avons besoin presque sans effort.

— Mais il risque sa vie à chaque expédition ! s'exclama la jeune femme. Pas question que je le quitte d'une semelle, ajouta-t-elle. Vous irez faire vos emplettes pendant la chasse mais je resterai avec lui.

— Pas question, grogna une grosse voix que Maël ne reconnut pas

Elle se retrouva nez à nez avec le wondolingueur qui de sa voix éraillée lui refusait le droit de le protéger.

— Je n'ai pas besoin de ta permission, le provoqua-t-elle en sortant ses deux armes de ses gaines.

Justin grogna de colère mais la jeune femme lui tint tête. Devant son obstination, il la laissa l'accompagner dans la sombre forêt qui menait jusqu'au village le plus proche.

Les trois autres iraient de leur côté, prendre la cité par l'autre flanc et la piller car les rues seraient assurément désertes, comme à chaque fois que le wondolingueur faisait entendre ses cris.

À pas de loup, ils arrivèrent aux abords du petit village endormi.

La nuit étoilée était malheureusement éclairée par une lune brillante. Se dissimuler sera difficile, se dit Maël comme se confondre avec les ombres, tactique que lui avait apprise son grand-père lorsqu'il l'emmenait à la chasse. Mais le souffle de la jeune femme restait lent et assuré. Elle était concentrée sur sa mission, Justin devait rentrer sans aucune blessure.

Quand ils virent les silhouettes de leurs comparses se découper de l'autre côté du pont, le wondolingueur devait entrer en lice. Justin prit une grande inspiration et jeta un hurlement qui fit même frissonner sa protectrice.

— Le wondolingueur ! hurla une voix derrière des volets clos.

— La bête est là ! s'égosilla une autre dans le lointain

— Prenez vos fusils ! cria en ouvrant sa porte et en invitant tous ses voisins à s'armer pour traquer le wondolingueur.

Justin partit en courant vers la sombre forêt. Maël le suivit mais s'arrêta dans les premiers sous-bois.

Elle devait stopper les poursuivants du wondolingueur pour permettre à Justin de regagner la faille et la traverser.

Ce que faisaient leurs complices pendant ce temps, elle ne s'en préoccupait pas. Les hommes, tout à leur haine et à leur goût du sang, ne penseraient qu'à tuer la bête.

Ils étaient trois, chevauchant des monstres de fer qui crachaient de la fumée en vrombissant. Trois chasseurs, équipés de lunettes de protection, de longs manteaux de cuirs épais cachant leurs armes lourdes et chaussés de bottes à talon carré et ferré.

De sa cachette, Maël reconnut Lim et Jess, deux traqueurs de monstres qui avaient appris l'art de la chasse avec son père. Le troisième était l'ignoble Willy Goodbeck. Vêtu de sombres vêtements bien coupés et armé jusqu'aux dents de pistolets à triple coups et autres inventions de son acabit, il se délectait à l'avance de tuer la bête.

Maël frissonna devant son air réjoui. Elle le haïssait. Cet abject personnage la dégoûtait. Elle ne savait pas pourquoi avant cet instant. Ce qui l'écœurait était que cet homme avait le goût du sang, le plaisir de tuer, l'envie de massacrer.

Willy Goodbeck était plus bestial que le wondo-lingueur.

Visant les courroies qui alimentaient les moteurs des machines, Maël priva les chasseurs de leurs moyens de locomotion. Ils devraient courir. Ils seraient donc sur un pied d'égalité avec Justin.

Un autre rugissement du wondolingueur se fit entendre dans la nuit. Armes au poing, les trois hommes s'encourageaient mutuellement pour réussir leur chasse nocturne. La lune brillait de plus en plus, devenant à chaque seconde une ennemie de plus car sa clarté révélait ceux qui voulaient rester dans l'ombre. Un rai lunaire vint taper sur l'une des armes de Maël, dévoilant sa présence aux trois chasseurs.

— Tiens donc, grogna l'un d'eux, une bonne femme qui joue avec une pétoire !

— Méfie-toi d'elle, rétorqua Willy Goodbeck, c'est la fille de Killermann, le plus grand tueur de monstres de l'obscur.

— La fille de Killermann ? répéta le dénommé Jess. La dernière fois que je t'ai vu, dit-il en s'adressant à Maël, tu n'étais qu'une gosse. Tu es devenue bien jolie.

Il avait un sourire salace sur les lèvres qui en disait long. La jeune femme frissonna.

— Ce n'est pas une gonzesse qui va me ficher la trouille alors qu'on poursuit un monstre sanguinaire ! s'exclama le troisième larron en bombant le torse.

Les trois hommes ne regardaient que Maël vers laquelle ils s'approchaient dangereusement. Le doigt sur la gâchette, elle espérait ne pas avoir à les tuer.

C'est au moment où l'un d'eux s'approcha un peu trop près d'elle que le wondolingueur se précipita sur lui, lui arrachant des mains son long fusil et l'envoyant bouler quelques mètres plus loin. D'un seul coup de patte griffue il assomma le deuxième compère qui s'effondra à ses pieds autant de peur que de douleur.

Ils n'avaient rien retenu des leçons du grand Killermann. Maël savait que son père, s'il était encore de ce monde, aurait participé à la traque et aurait certainement tué le wondolingueur. Être la fille du meilleur chasseur de monstres était difficile à assumer. Si elle avait la chasse dans le sang, elle n'en avait pas le goût.

Face à la bête, Willy Goodbeck restait figé dans une posture nonchalante.

— Tu ne me fais pas peur, Monstre, laça-t-il du bout des lèvres en crachant à terre devant le wondolingueur. Tu crois être le seul à pouvoir être ce que tu es ?

Et sous les yeux écarquillés de stupeur de Maël, Willy le beau gosse du village se métamorphosa.

Son hurlement de douleur n'était pas feint : ses os changeaient de volume, sa taille augmentait, des griffes lui poussaient aux bout des doigts qui s'allongeaient sans commune mesure avec sa stature. Les vêtements du jeune homme se déchiraient là où des excroissances osseuses sortaient. Ses jambes s'arquèrent et ses genoux devinrent aussi pointus qu'une pique de lance. Ses cheveux firent place à une fourrure sombre et de longues moustaches poussèrent sur ses joues.

En quelques minutes, le beau Willy s'était transformé en une créature encore plus horrible par ses difformités que le wondolingueur. Il n'avait plus de bouche mais une gueule aux crocs pointus d'où une bave jaunâtre dégoulinait jusque dans son cou devenu poilu. Son dos était hérissé de pics et il avait perdu ses oreilles. Son pantalon n'était plus que lambeaux et restait attaché à lui par la ceinture qui avait résisté au changement physique de son propriétaire. Ses bottes de cuir avaient explosé sous l'épaississement des talons et des longues griffes qui avaient poussé à la place de ses orteils.

Seul son regard ne changea pas. Il garda ses yeux verts. Mais leur expression, elle, n'était plus la même. En homme, Maël le trouvait idiot même s'il était d'une grande beauté. En bête, il était laid et semblait cinglé.

À l'évidence, Justin n'était pas le seul métamorphe de ce monde. Willy chassait tous ceux qui lui rappelaient ce qu'il était lui-même. Était-ce une malédiction ? Une maladie ? Une tare génétique ? Maël se promit d'enquêter sur cela si elle revenait vivante de cette aventure.

Avant que Willy, enfin ce qui restait de lui, ne put s'emparer de Maël, Justin s'interposa en rugissant, griffes tournées vers la gorge de son adversaire. L'autre le repoussa avec force, envoyant le wondolingueur voltiger dans les airs à quelques mètres.

Groggy, Justin se releva néanmoins et fonça tête baissé vers l'autre créature.

Les deux monstres se mordaient, se griffaient, se frappaient. Des poils volaient partout autour d'eux. Le sang giclait en abondance. Mais aucun ne cédait.

Couvertes de plaies, les deux bêtes luttaient à mort. Il n'y aurait pas de grâce dans ce combat. L'un des deux devait mourir. Justin attrapa le cou de son adversaire de ses grosses pattes crochues et tenta de l'étrangler.

Rien ne semblait pouvoir tuer l'autre monstre. Son regard gris bleuté croisa celui de la jeune femme. Il paniquait. Maël sentait sa peur. Que se passait-il ?

L'espace d'un instant, la jeune femme comprit ce qui n'allait pas. La patte de Justin redevenait main sous ses yeux. La transformation inverse était en route. Le wondolingueur redevenait humain.

Elle devait intervenir ... ses mains tremblaient. Elle n'avait jamais raté une cible mais jamais elle n'avait été impliquée émotionnellement dans un combat. Et si elle ratait Willy... ? Allait-il se précipiter sur elle ? Et si elle tuait Justin… et si..... ?

— Fais-le.… écoute ton instinct.… ne pense à rien... prends tes pétoires et… tire !!! Tire !!! Tire avant qu'il ne soit trop tard ! semblait lui chuchoter la voix de son père à son oreille.

Dégainant ses deux armes, elle lança de l'acide sur Willy tout en le bombardant de jet lasers. La créature résista un moment. La jeune femme vida ses chargeurs sur lui... elle mit la main sur le manche de son couteau et le prit en position d'attaque.

Elle voyait Justin redevenir lui-même mais pour autant il ne lâchait pas l'ennemi. Par un heureux hasard, ni les projectiles lasers ni les jets d'acide ne l'avaient touché.

La créature tomba à genoux devant la jeune femme qui lui trancha d'un geste sec la carotide pour l'achever comme elle avait vu faire son père et son grand-père pendant les chasses aux monstres de l'obscur.

Redevenu humain, Justin gisait à terre. Malgré la violence du combat, ses lésions n'étaient pas bien graves. Sa nudité émut la jeune femme mais elle ne s'attarda guère à détailler son corps sauf pour constater qu'il n'y avait aucune blessure mortelle.

Elle l'aida à se relever, lui passa un jogging qui faisait partie des vêtements emportés dans son sac, et ils partirent clopin-clopant vers la faille pour retourner chez eux. Ce monde n'intéressait plus Maël.

Sur le chemin gisait le corps de la créature qui n'avait pas repris sa forme humaine et les deux autres chasseurs qui ne s'étaient pas encore réveillés. Maël voyait déjà l'épilogue de cette aventure s'écrire en gros devant ses yeux : les deux chasseurs rapporteraient la créature morte en disant qu'ils avaient tué le wondolingueur. Ils toucheraient la prime et les habitants de ce monde croiraient à la disparition du danger.

Ainsi disparaîtrait le wondolingueur. Mais sa légende persisterait. Ce monde serait toujours dangereux pour Justin. Du moins tant qu'il serait affecté par cette terrible malédiction.

Justin ne pouvait continuer à combattre ainsi.

Maël était certaine de pouvoir le faire changer d'avis

en lui démontrant que la collecte de biens utiles pour leur monde pouvait se faire autrement.

Il y a toujours d'autres solutions. Il suffit de les trouver.

Les quatre Dolingowons les attendaient devant la faille. Ils la franchir l'un après l'autre et retrouvèrent leur havre de paix.

Lorsque Justin ouvrit ses beaux yeux gris bleutés, il vit qu'il se trouvait sur sa couche dans sa demeure. Un repas frugal attendait son réveil sur la petite table qui avait été poussée à côté du lit.

Au pied du lit, Maël le veillait. Il comprit alors à son regard qu'elle resterait à ses côtés, même si son problème persistait.

Bonus 2 :

LENAYA
ou
dans le cerveau d'une tueuse

Le soleil lui brûlait les yeux. Devant elle, la cible était mouvante et presque invisible à cause de l'intensité de la lumière qui inondait la plage. Le sable fin et chaud lui caressait la voûte plantaire à chaque pas. Le ressac envoyait l'eau salée mourir à ses pieds sur un rythme immuable. La silhouette qu'elle tentait de suivre se faufilait à présent entre les rochers.

Rejetant sur son cou gracile une longue mèche d'or rouge, Lenaya grimaça. Ses grands yeux verts scrutaient les grosses roches où avait disparu celle qu'elle devait tuer. *Encore raté,* grommela-t-elle en son for intérieur, *cette pétasse a encore obtenu un sursis.*

De colère, elle donna un grand coup de pied dans un château de sable qui commençait à s'effondrer sous les assauts des vagues, reliquat d'un jeu enfantin de la veille. De prime abord, cette mission semblait facile. Assassiner la femme d'un diplomate gênant pour lui faire comprendre qu'il ne travaillait pas dans le bon camp n'était que routine pour Lenaya.

Assassin de haut vol, elle était souvent recrutée pour ce genre de boulot. Elle était douée pour laisser les cadavres assez reconnaissables pour être identifiés mais trop abîmés pour qu'on puisse déterminer un mode opératoire et le profil d'un tueur.

Ses services étaient chers mais les capacités hors normes de la jeune femme les valaient amplement. Elle comptait dans ses clients autant de membres de la pègre que de politiciens véreux du gouvernement en place.

Avec surprise, Lenaya vit sa cible ressortir de sa cachette. Sa future victime avait juste troqué sa robe légère contre un bikini qui ne cachait pas grand-chose de son anatomie. Ex-mannequin, la femme de l'ambassadeur exposait aux regards son corps aux courbes parfaites, ce qui devait être interdit dans son propre pays où la condition de la femme la protégeait de toute concupiscence par des vêtements sombres et étouffants. *Vive le pays des droits de l'homme,* pensa la jeune femme avec un grincement de dent. Elle ne supportait pas tous ces mécréants qui insultaient son pays en dénonçant ses libertés pour en profiter ostensiblement quand ils y séjournaient.

Brune et hâlée, la femme de l'ambassadeur déroula une longue serviette de plage et s'allongea dessus, offrant son corps aux rayons chauds du soleil. Elle se redressa presque aussitôt et posa un regard interrogateur sur Lenaya qui lui offrit son plus beau sourire, de femme à femme. La prenant pour une touriste qui venait profiter du soleil et du sable fin, la femme de l'ambassadeur lui fit un petit signe de la main, l'invitant à s'approcher.

— Seriez-vous assez aimable pour me passer de l'huile dans le dos, demanda la femme de l'ambassadeur à celle qui devait l'assassiner tout en lui tendant un flacon où brillait un liquide sombre.

Lenaya acquiesça doucement et prit la petite bouteille. Elle remarqua au passage que le produit était d'une rare qualité et ne s'achetait que dans des boutiques de luxe.

— Je m'appelle Raya, lui dit encore la femme brune en s'allongeant voluptueusement sur le ventre.

— Lena, lui répondit la jeune tueuse de façon laconique avec un demi-sourire qui fit briller dangereusement ses yeux d'émeraude.

Elle prit son temps pour étaler l'huile sur la peau hâlée au grain parfait de la jeune femme. Gardant volontairement ses distances, elle s'appliqua à la tâche confiée sans pour autant en oublier son objectif premier : assassiner cette femme afin de rallier l'ambassadeur à la cause de ses employeurs.

Tout en massant sa future victime, elle avait conscience de la présence de son couteau bien planqué au fond de son sac. Elle avait prévu de lui trancher la gorge et de la laisser agoniser entre les rochers… mais les touristes qui affluaient sur la plage depuis une dizaine de minutes allaient rendre la tâche beaucoup moins aisée.

Ceux qui faisaient « la crêpe » au soleil n'étaient pas les plus dérangeants, car la plupart du temps ils somnolaient et ne prêtaient pas attention à ce qui se passait au-delà de leur petite personne. Les enfants qui jouaient au ballon ou aux raquettes de plage ne la préoccupaient non plus, car leurs yeux seraient fixés sur le projectile à rattraper.

Les témoins qui seraient les plus crédibles étaient les

parents surveillant leur jeune progéniture. L'anxiété de perdre leurs gosses les rendait plus enclin à l'observation. Et la jeune tueuse venait de repérer une famille avec cinq enfants qui se faisait une place au milieu des serviettes abandonnées sur le sable par ceux qui se baignaient.

Déjà deux marmots s'étaient enfuis vers les vagues, faisant hurler leur mère d'effroi et de colère alors qu'elle retenait un plus petit par la main tandis que deux autres galopaient vers les rochers poursuivis par leur père qui tentait vainement de les ramener.

— Difficile de trouver du silence sur ces plages touristiques, constata gaiement la femme de l'ambassadeur en s'étirant.

L'heure n'est pas propice au meurtre, se dit Lenaya. Elle décida alors de s'accorder une pause tout en ayant un œil sur sa future victime. Elle ne voulait pas conclure son contrat trop tardivement mais il lui fallait trouver un moment plus calme où les témoins seraient moins nombreux.

Déroulant la serviette qu'elle avait ceinte autour de sa taille, elle dévoila aux regards une silhouette athlétique aux muscles fins. Ses longs cheveux roux où le soleil jetait des reflets chatoyants étaient libres sur son dos. Vêtue d'un maillot de bain une pièce, elle demanda à Raya de surveiller son sac et sa serviette pendant qu'elle allait piquer une tête dans l'eau.

Lenaya aimait vivre dangereusement. Demander à sa future victime de veiller sur l'arme qui lui ôterait prochainement la vie avait un côté sadique. Ce qui fit sourire la jeune tueuse.

Profitant des hautes vagues pour faire semblant de nager, la jeune femme gardait un œil sur sa cible. Allongée au soleil, cette dernière ne se préoccupait ni de la baigneuse ni de surveiller ses affaires... Lenaya fronça les sourcils quand elle vit un jeune garçon s'intéresser de trop près à son sac sans que celle qui devait assurer la sécurité de ses affaires ne se manifeste. Elle sortit de l'eau avec un regard courroucé qui fit fuir le jeune garçon. Peut-être avait-elle prêté des intentions peu louables à ce gamin alors qu'il en était rien mais la jeune femme ne voulait pas risquer de se faire piquer avec une arme avant d'avoir accompli son travail.

« Beignets, chouchous, glaces! » criait le marchand de douceurs sucrées qui baguenaudait sur la plage en rameutant sa clientèle à l'annonce de ses alléchantes confiseries. Raya se leva gracieusement et, affichant une mine gourmande, se dirigea nonchalamment vers le vendeur de sucreries.

— Veux-tu quelque chose, Lena ? lui demanda-t-elle gentiment en montrant d'un geste de la main le vendeur de goulifs.

Secouant la tête en signe de refus, Lenaya regarda sa future victime s'offrir une énorme glace. Visiblement Raya avait cette chance que lui envierait toute femme, celle de manger ce qu'elle voulait sans prendre de poids. Instinctivement, la jeune tueuse regarda les alentours. Le moment aurait été bien choisi pour se débarrasser de Raya : tous les témoins potentiels étaient rassemblés en grappe autour du vendeur de sucreries et toute leur attention n'était ciblée que sur le contenu de son chariot.

À moins que... en levant les yeux, la jeune femme se rendit compte que les constructions bétonnées dont les balcons donnaient sur la plage étaient autant d'endroits qui pouvaient regorger de témoins potentiels. De leur sommet, ils avaient une vue qui surplombait la plage et même les rochers. Si elle s'aventurait à se débarrasser de Raya à cet endroit, il était évident qu'il y aurait au moins un témoin, sinon plusieurs.

Elle grogna de rage. Son plan tombait à l'eau. Elle n'allait pas pouvoir accomplir son boulot sur cette plage. Elle devait passer au plan B. Mentalement, elle calcula le surplus financier qu'elle allait demander à ses clients pour tuer cette femme en dehors de sa zone de confort.

Raya lui souriait en revenant vers elle. Si seulement elle avait su ne serait-ce qu'une infime partie de ce qui se tramait dans le cerveau de sa compagne...

— Je vais aller faire les boutiques sur la jetée, j'ai envie de m'acheter de nouvelles chaussures, annonça-t-elle tout de go à Lenaya avant de poursuivre, tu viens avec moi ?

Lenaya détestait le lèche-vitrine. Elle se procurait sur internet ce dont elle avait besoin et se faisait tout livrer (alimentation et fringues).

Les seules boutiques qu'elle aimait fréquenter n'avaient pignon sur rue que dans les bas quartiers de la ville où vivait la racaille. Ses couteaux venaient tous de *chez Jo* , son fournisseur habituel, le seul marchand d'armes en qui elle avait confiance.

Tout ce temps de perdu à contempler des choses qu'elle n'achèterait jamais l'ennuyait profondément. Cependant, elle se surprit à sourire en retour à Raya et à la suivre.

Instinctivement, elle calcula qu'elle pouvait occire sa cible dans une cabine d'essayage... si aucune caméra n'était visible. Mais si Raya l'entraînait vers des boutiques de luxe, elles seraient toutes surveillées. C'était évident.

Elle grimaça en voyant sa cible entrer dans un magasin bien trop luxueux pour ne pas être sous surveillance constante. Bien que Raya veuille s'offrir des chaussures, elle venait d'entrer dans une boutique de vêtements de grands créateurs. Lenaya se dit que c'était maintenant ou jamais. Les cabines d'essayage seraient peut-être surveillées à l'extérieur mais pas à l'intérieur, garantissant la vie privée et la pudeur des clientes. Gardant un sourire superficiel, elle colla sa compagne dans les rayons, la flattant et l'encourageant à essayer plusieurs tenues.

Son téléphone vibra.
Lenaya rumina.
Certainement son client.
Elle ne voulait plus recevoir de directives.

Ce client était exigeant mais elle bossait pour lui depuis plusieurs années et elle avait honoré tous ses contrats.

Le téléphone vibra encore contre sa hanche.
Elle l'avait rangé dans son étui de cuir, attaché à sa ceinture.

— Tu viens, Lena ? l'appela Raya. Je vais essayer ces robes. J'ai besoin de ton avis.

Lenaya sourit. Elle avait ce magnétisme naturel qui encourageait ceux qui la côtoyaient à la trouver indispensable en peu de temps. Elle suivit Raya à pas de loup et entra avec elle dans la cabine d'essayage.

Son téléphone vibra encore.
Lenaya consulta ses messages.
Il était écrit : Mission annulée, le mari a changé de côté.
Elle inspira fortement et répondit en tapant sur le clavier de son téléphone : trop tard .

Bonus 3 :

LE MIROIR DE TES YEUX

Tes yeux brillent toujours du même éclat
Rayon de lumière qui inonde tes prunelles
Ce bleu captivant qui m'ensorcela
Et qui aujourd'hui me le rappelle
Tes yeux me parlent comme autrefois
Mais ils gardent encore leur secret
Ils expriment parfois tant de joie
Que j'en oublie mes regrets
C'est dans la rivière de tes yeux
Que j'aimerai noyer mon incertitude
Connaître ainsi le fond de ton jeu
Où tu excelles comme d'habitude
Mais que reflète le miroir de tes yeux ?
Que caches-tu derrière ce regard moqueur ?
Un cœur impur et ambitieux
Qui attend que sonne son heure ?
Ou bien un homme malheureux
À la recherche de son bonheur ?

Lara Lee Lou Ka
Angers, 1990

REMERCIEMENTS

Il faut toujours croire en son étoile... mais cette étoile brille aussi grâce à ceux qui me lisent et qui me poussent à continuer de vivre ce rêve.

Merci au Monde de Lam pour cette magnifique illustration de couverture. Grâce à elle, Séléna renaît de ses cendres.

Merci à Zedole Artwork pour avoir mis en valeur le beau dessin du Monde de Lam avec ses talents d'infographiste.

Merci à Pierre Brulhet pour sa magnifique préface qui m'a beaucoup émue. Nous nous étions rencontrés en 2013 au Salon Fantastique et je lui avais parlé de ce roman, « Séléna », qui me tenait à cœur. Il m'a encouragée et conseillée. Avoir son ressenti sur ce roman a été une grande source d'émotion. La boucle est bouclée. Séléna voit aujourd'hui le jour et si j'en suis sa génitrice, Pierre est son parrain de papier.

Merci à vous, lecteurs, d'entrer sur les terres de mon imaginaire et de me laisser cette chance de vous emmener loin de ce monde.

Lara Lee Lou Ka

LIVRES DU MÊME AUTEUR

trilogie SHEENDARA :

1- La légende de la Pierre Sacrée
2- La prophétie d'Oulibanki
3- L'oracle de Xann

trilogie LES ENFANTS DE SHEENDARA :

1- L'anneau d'Alana
2- Le bâton de Merlin
3- La sylvestrine de Timmin

autres livres :

Séléna :
Vorgs !
Le goûter d'anniversaire et autres récits peu ordinaires (recueil de nouvelles)
La guerrière et autres récits peu ordinaires (recueil de nouvelles 2)
La dernière des Liomages
Lükka
Les aventures de la fée Paillette
Les maladresses de la fée Malagauche
Le voisin de palier

Code ISBN : 9798426757493
Marque éditoriale : Independently published

Printed in Great Britain
by Amazon